ÉTICA
PARA
PANCHO

ÉTICA PARA PANCHO
AL RESCATE DE LOS VALORES DE LOS JÓVENES

Segunda Edición Corregida

Miguel Carmena Laredo

EDITORIAL DIANA

MEXICO

1a. Edición, Marzo de 1995
2a. Impresión, Junio de 1995
2a. Edición, corregida, Noviembre de 1995
18a. Impresión, Noviembre de 2005

ISBN 968 – 13 – 2791 – 8

Diseño de Portada: Gilberto Étienne.

© Miguel Carmena L., 1995.

DERECHOS RESERVADOS ©.
Copyright ©, 1995 por
EDITORIAL DIANA, S.A. de C.V.
Arenal N° 24, Edificio Norte,
Col. Ex Hacienda Guadalupe Chimalistac,
México D.F., C.P. 01050.
Tel (55) 50 89 12 20

IMPRESO EN MÉXICO.
PRINTED IN MEXICO

Prohibida la reproducción total
o parcial sin la autorización
por escrito de la casa Editora

*A mis padres y a mis tíos que,
con su ejemplo de vida,
han sido siempre
mis mejores profesores
de ética.*

CONTENIDO

Aviso pedagógico 11
Prólogo. En buen plan 13
Capítulo 1. Todo comienza en una discoteca 17
Capítulo 2. «El Piedras» 23
Capítulo 3. ¿Y después qué? 29
Capítulo 4. ¿Quién es el miserable? 33
Capítulo 5. «El Rata» 37
Capítulo 6. La ley moral, lo más natural 43
Capítulo 7. En un concierto de los Rolling Stones.... 49
Capítulo 8. Viste como quieras, pero vístete bien 57
Capítulo 9. Sólo para competición 65
Capítulo 10. ¿Vives para pescar? 77
Capítulo 11. ¡Oh, Susana! 85
Capítulo 12. Aparece el Jefe 91
Capítulo 13. El mejor maestro de ética 97
Capítulo 14. El secreto de Michael Jordan 105
Capítulo 15. En la cumbre del Everest 111

Vocabulario ético básico 119
   Acto humano 119
   Acto moral 120
   Amor 123
   Autoridad 126
   Bien absoluto 128
   Bien común 129

Bien moral 131
Bienaventuranzas 132
Caridad 134
Conciencia 135
Derechos humanos 138
Esperanza 140
Familia 141
Fe 144
Gracia 145
Hombre, persona humana 148
Justicia social 151
Leyes civiles 152
Libertad 153
Mandamientos 155
Participación 156
Pasiones 157
Pecado 158
Propiedad 163
Sociedad 165
Solidaridad 166
Subsidiariedad 167
Valor moral 168
Virtud 169
Virtudes humanas o morales 173
Virtudes teologales 175

TAMBIÉN PUEDES LEER 177

Aviso pedagógico

La ética, o moral, es la ciencia práctica normativa que estudia el actuar humano desde el punto de vista de su conformidad con la dignidad de la persona humana.

Muchas veces se consideran sinónimos y en sí se puede decir que casi significan lo mismo. Son las ciencias prácticas que estudian el actuar humano en cuanto humano, en cuanto propio del hombre.

El origen de cada palabra es distinto: ética *procede de la palabra griega* ethos *que quiere decir costumbre, comportamiento o también, morada, casa y talante (índole, modo de ser, que es el sentido que más usa Aristóteles).* Moral *viene del latín, de* mos, moris *que significa las dos cosas, costumbre y talante, al mismo tiempo. Con el uso, el significado del término* moral *quedó reducido al primer matiz: costumbre. Hoy prácticamente se usan sin distinción y engloban las dos cosas, la costumbre y el talante de la persona.*

En cuanto ciencia, la ética se define como la ciencia práctica del actuar humano que estudia los elementos, las leyes, los fines y valores que deben guiar el comportamiento humano para llevar al hombre a su propia realización como persona. La ética busca más conocer lo que se debe hacer que lo que se debe evitar.

La ética te guía para que actúes siempre evitando el mal y buscando el bien de acuerdo a tu dignidad especial de persona humana, construyéndote en cada acto, sin permitirte desviaciones que te aparten de la coherencia en la búsqueda de la recta opción fundamental realizada. En esto consiste la madurez ética; no es un estado adquirido sino una actitud que debe traducirse continuamente en comportamientos, siempre en una autosuperación constante.

La ética es, por tanto, una disciplina filosófica fundamental; es la que guía el comportamiento del hombre de acuerdo a su dignidad especial de persona.

Sin embargo, por mi experiencia como profesor, siempre he constatado que la ética es una asignatura que resulta difícil de entender para los alumnos. Enseguida surgen los problemas de cómo relacionar eso que estudian con la vida práctica. Las más de las veces todo se resuelve aprendiendo de memoria algunos conceptos y algunos datos históricos que después se olvidarán con gran facilidad.

Este libro propone otra solución alternativa: invita a reflexionar en algunas cuestiones de la ética desde la misma vida del joven, desde sus problemas; presenta una fusión natural entre fe cristiana, vida y nociones éticas, y busca la interiorización de conceptos básicos fundamentales.

Por último, el vocabulario básico que se incluye al final del libro ofrece con sencillez una correcta introducción a los principales conceptos que va a encontrar el estudiante y una aclaración de los que seguramente ya ha aprendido.

PRÓLOGO

En buen plan

Mi buen amigo Pancho:
Aquí está por fin el libro que te prometí. Espero que no se te haya olvidado lo que me dijiste hace tres meses: «Tú que escribes bien, échate un libro que me sirva para aclararme las ideas. Estoy hecho bolas».

Pancho, te pasa lo mismo que a tantos jóvenes de ahora: muchos sufren una ruptura con el pasado, con el mundo de sus papás, con la educación que han recibido y reciben en su familia y en la escuela. Todo porque la televisión, el cine, la publicidad, etcétera, les sugieren otros tipos de comportamiento.

En casa les dicen: hay que ser bueno y respetuoso, ayudar a los demás, sacrificarte y buscar la paz, tener a Dios como lo primero en la vida, amar a la familia, no tener relaciones sexuales hasta que te cases, guiarte por el amor, no hacer del dinero el primer valor de tu vida, etcétera. Y tú mismo no estás muy convencido de eso.

En la televisión y en las películas americanas ven a sus héroes muy atractivos. Siempre aparecen solos, no se sabe ni de qué familia vienen ni hacia dónde van, uno diría que nacieron solos. No parece que les muevan grandes proyectos o ideales, simplemente vegetan o sobreviven. Tienen sus carrazos, sus vestidos, sus joyas. No se preocupan de los demás. Todo les va bien, siempre están jóvenes y sanos, no envejecen. Ni tienen ni forman familia, hacen lo que se les pega la gana. Se encuentran con una chica o con un chico, se acuestan con él o con ella, y aparecen siempre como los tíos más felices del mundo. Uno sabe que todo es mentira, pero ves una película, luego otra, luego oyes un disco que trata de lo mismo, luego lees una novela igual y al final, las ideas, los modelos de comportamiento, se te pegan. Y, sin darte cuenta, estás alejándote de la realidad y te empiezas a identificar con un mundo imaginario que se presenta como idealmente feliz, excitante. Quizás eso es lo que te pasa.

Hay que tener paciencia y explicar las cosas. Eso es lo que voy a hacer contigo porque tú me lo has pedido, espero no ser muy pesado. De todas formas, creo que este libro te va a gustar. Se lee rápido. Lo he preparado pensando en ti. Todo lo que cuento en él es real y, si hay algo inventado, te lo aviso. En las historias he cambiado los nombres, las referencias y algunas circunstancias por motivos obvios de discreción. Son hechos de la vida cotidiana donde los protagonistas no siempre salen bien parados. Por eso, y como no quiero que me pase como al autor de *Versos satánicos*, he respetado el anonimato de los personajes auténticos.

De todos modos, estoy convencido de que la ética no es una ciencia para denunciar fallos sino para proponer retos, para aspirar a ser más humano y a vivir mejor como hombre. Se puede aprender del examen de los fallos, pero no basta quedarse ahí. Por eso, me parece que no se puede hacer ética desde un escritorio. Hay que partir de lo que eres y buscar lo que de verdad quieres hacer con tu vida. Hay que partir de ti mismo. El último paso es conseguir que lo que quieres hacer sea de verdad lo mejor para ti, lo que te ayude a construirte como hombre. No es fácil lograrlo. Muchas veces la ética te hará ir contra corriente, pero tú mismo irás descubriendo que vale la pena.

Yo no he montado aquí una ética de escritorio ni una historia de la ética. Seguramente podrás encontrar cientos de ellas en cualquier biblioteca. Más bien he preferido recoger experiencias de mi vida y reducir al máximo el «rollo» dejando sólo lo que me parece imprescindible. Partiendo de mi experiencia, quiero ayudarte a que reflexiones sobre ciertos temas fundamentales, orientes bien tu libertad y construyas un futuro mejor para ti y para los que te rodeamos. En la vida no se puede ser superficial, sólo tenemos una.

Ah, se me olvidaba, Pancho: te he hecho caso y al final del libro he incluido un vocabulario con las principales palabras que se usan en la ética. No lo pensaba poner, pero ya que tú me dijiste que sería bueno esclarecer un poco lo que significan ciertos términos propios de la ética, creo que ésta puede ser la mejor manera. No te asustes, no te creas que son definiciones quisquillosas, explicaciones académicas o disertaciones teóricas. Simplemente trato de explicarte las cosas como son, con un lenguaje de todos los días. Ojalá que te sea de utilidad.

Como te conozco y sé que eres medio distraído, te puedo recomendar algo muy sencillo para aprovechar a fondo el libro: después de leer cada lección, detente un rato, reflexiona sobre lo que has leído, toma un papel y anota tus comentarios. Me gustaría mucho leer tus impresiones. Te agradeceré mucho que me las envíes.

Creo que te puede servir. Seguimos en buen plan.

# CAPÍTULO 1

TODO COMIENZA EN UNA DISCOTECA

Aunque te parezca un poco extraño, mi interés por la ética no nació de los libros sino de cuando yo tenía 18 años y comencé a trabajar como relaciones públicas en una discoteca.

El trabajo de relaciones públicas en una discoteca de cierta categoría es muy variado. Yo me encargaba principalmente de tres tareas: hacer publicidad de la discoteca, invitar gente y crear un ambiente acogedor, atractivo.

Lo de la publicidad se me daba muy bien, patrocinábamos un equipo de autos de rally que ganaba todas las pruebas. Lo de invitar a gente tampoco se me daba mal; era delegado de curso en la universidad donde estudiaba y todas las fiestas las montábamos en mi discoteca. Pero el último aspecto de mi trabajo era el más interesante.

Conseguir un buen ambiente implica estar dispuesto a hablar con todo el mundo, elegir la música apropiada, salir al paso cuando se está gestando algún problema, etcétera. Pero sobre todo exige escuchar, saber escuchar con mucha paciencia. A las discotecas va mucha gente en grupos los fines de semana a pasarlo bien divirtiéndose juntos, pero hay otros que van solos, cualquier día, buscando desahogarse. A éstos es a quienes hay que escuchar. Son los que menos te esperas, las personas más envidiadas, las chicas más bellas, los muchachos con más éxito aparente, la gente con más dinero, aquellos con quienes todos soñamos identificarnos. Sienten necesidad de ser escuchados, de encontrar ayuda y afecto.

Recuerdo a *Mónica*, una modelo erótica, una chica realmente bellísima, capaz de hacer perder la cabeza a cualquiera, un cuerpo precioso, cabellos castaños largos y sueltos, ojos azules brillantes, saltones; la envidia de todas las clientas de la discoteca; atraía todas las miradas. Un día me empezó a contar su vida, el dinero que ganaba, la cantidad de admiradores que tenía, las cartas de amor que recibía a diario, los regalos... Luego se llevó las manos a la cara y se echó a llorar amargamente. Me dijo que no era feliz, que sólo era un cuerpo, pasto para la pasión desenfrenada de seres enfermos; que nadie la amaba, que ella sentía necesidad de ser útil para los demás, para la gente necesitada, que quería casarse, ser una madre de familia feliz, normal, como miles que hay en el mundo. No supe qué responder, se me hizo un nudo en la garganta y me quedé como un tonto, callado, sin saber qué decir.

Nacho, un chico atractivo, yate, dos carrazos, sonrisa Colgate. En su BMW M3 se habían acurrucado las niñas más atractivas que yo conocía. Sus trajes eran la envidia de los amigos, bailaba como Michael Jackson, elegante, voz de terciopelo, carita de niño bueno y una chequera que parecía un pozo sin fondo. Muchas veces se acercaba a mí, me llamaba amigo. Decía que yo era su amigo, que había cosas que me contaba a mí y que nadie sabía. Un día me dijo secamente que iba a suicidarse. Había dejado embarazada a una niña y le preocupaba muchísimo pensar que esto podría romper el alto concepto que su papá tenía de él. Adiós dinero, adiós carros, adiós vacaciones en Tailandia. Yo le pregunté si no había pensado en la chica a la que había dejado embarazada, en su situación y sufrimiento, en el niño; si alguna vez en su vida había pensado en los demás, en sus sentimientos, en sus vidas. Me respondió con un amplio repertorio de palabrotas. Me llamó iluso, tonto, soñador, idiota y otros sinónimos parecidos. Yo le dije que me parecía que el único iluso era él, que vivía en un mundo ficticio, de niño malcriado donde no existían los demás nada más que para producirle placeres. Le pregunté si sabía lo que era el amor. Rompió a llorar como un niño y estuvo como media hora repitiendo: «soy un desgraciado», «soy un egoísta», «soy un sinvergüenza», y otras cosas un poco más fuertes.

Aquellos dos casos me hicieron pensar muchísimo. ¿A qué le tiraban estas personas en la vida? ¿Cómo podían soportar esta situación? ¿Qué móviles los mantenían viviendo así, de pura apariencia? ¿Podrían salir de esto? ¿No sería mejor empezar de nuevo y realizar lo que realmente se quiere ser en el fondo? Me parecía absurdo vivir tan vacío, traumado, con el deseo interior profundo de cambiar de vida, de darle un sentido, y sin embargo, sin poner los medios para hacerlo. Sus vidas eran martirios absurdos y no eran capaces de librarse de ellos.

Pero me preocupaban más sus admiradores, los que escribían a Mónica cartas de amor, las niñas que pasaban por el coche de Nacho, las chicas que suspiraban por parecerse a Mónica, los muchachos que soñaban con ser otros nachos, todos aquellos para los que Nachito y Mónica eran modelos de comportamiento, los que los adulaban y envidiaban. ¿No te parece que viven equivocados queriendo imitar la imagen de alguien que en el fondo no desearía ser así? ¿No te parece que en este tema no se puede ser superficial y hay que dedicar un tiempo para pensar en ello? ¿No te parece, además, que por ser una cuestión fundamental para la vida, para tu vida, no se puede dejar para después?

Todo esto me hizo pensar que no es fácil ser feliz, que la felicidad no está donde creemos muchas veces. Entonces, ¿dónde está la felicidad? Pancho, esta pregunta es la base de la ética. Sobre eso vamos a reflexionar juntos. Ojalá, Pancho, que no seas tú uno de los que van a la discoteca a contar su vida.

DIEZ MINUTOS DE REFLEXIÓN

> Lo que de verdad necesitamos es un cambio radical en nuestra actitud hacia la vida. Tenemos que aprender por nosotros mismos y, después, enseñar a los desesperados que en realidad no importa que no esperemos nada de la vida, sino si la vida espera algo de nosotros. Tenemos que dejar de hacernos preguntas sobre el significado de la vida y, en vez de ello, pensar en nosotros como en seres a quienes la vida les interrogara continua e incesantemente. Nuestra contestación tiene que estar hecha no de palabras ni tampoco de meditación, sino de una conducta y una actuación rectas. En última instancia, vivir significa asumir la responsabilidad de encontrar la respuesta correcta a los problemas que ello plantea y cumplir las tareas que la vida asigna continuamente a cada individuo.

Dichas tareas y, consecuentemente, el significado de la vida, difieren de un hombre a otro, de un momento a otro, de modo que resulta completamente imposible definir el significado de la vida en términos generales. Nunca se podrá dar respuesta a las preguntas relativas al sentido de la vida con argumentos vagos. «Vida» no significa algo impreciso, sino algo muy real y concreto, que constituye el destino de cada hombre, distinto y único en cada caso. Ningún hombre ni ningún destino pueden compararse a otro hombre o a otro destino. Ninguna situación se repite y cada una exige una respuesta distinta; unas veces la situación en que un hombre se encuentra puede exigirle que emprenda algún tipo de acción; otras, puede resultar más ventajoso aprovecharla para meditar y sacar las consecuencias oportunas. Y, a veces, lo que se exige al hombre puede ser simplemente aceptar su destino y cargar con su cruz. Cada situación se diferencia por su carácter de irrepetibilidad y en todo momento no hay más que una única respuesta correcta al problema que la situación plantea.

Cuando un hombre descubre que su destino es sufrir, ha de aceptar dicho sufrimiento, pues esa es su sola y única tarea; la de reconocer el hecho de que, incluso sufriendo, él es único y está solo en el universo. Nadie puede redimirle de su sufrimiento ni sufrir en su lugar. Su única oportunidad reside en la actitud que adopte al soportar su carga. (VIKTOR E. FRANKL, *El hombre en busca de sentido*).

De todo lo expuesto debemos sacar la conclusión de que hay dos razas de hombres en el mundo y nada más que dos: la «raza» de los hombres decentes y la raza de los indecentes. Ambas se encuentran en todas partes y en todas las clases sociales. Ningún grupo se compone sólo de hombres decentes o sólo de hombres indecentes, así sin más ni más. En este sentido, ningún grupo es de «pura raza» y, por ello, a veces se podía encontrar, entre los guardias, a alguna persona decente.

La vida en un campo de concentración abría de par en par el alma humana y sacaba a la luz sus abismos. ¿Puede sorprender que en estas profundidades encontremos, una vez más, únicamente cualidades humanas que, en su naturaleza más íntima, eran una mezcla del bien y del mal? La escisión que separa el bien del mal, que atraviesa imaginariamente a todo ser humano, alcanzó a las profundidades más hondas y se hizo manifiesta en el fondo del abismo que se abrió en los campos de concentración.

Nosotros hemos tenido la oportunidad de conocer al hombre quizá mejor que ninguna otra generación. ¿Qué es, en realidad, el hombre? Es el ser que siempre decide lo que es. Es el ser que ha inventado las cámaras de gas, pero asimismo es el ser que ha entrado en ellas con paso firme musitando una oración. (VIKTOR E. FRANKL, *El hombre en busca de sentido*).

CAPÍTULO 2

«El Piedras»

P ONTE CÓMODO, Pancho, que ahí te va un cuento: en un pueblo había un niño que lanzaba piedras a la Luna. Se pasaba el día en eso mientras sus amigos se ocupaban en otras diversiones. No tengo que decirte la cantidad de burlas que hacían de él los demás muchachos del pueblo. Nadie consideraba eso de tirar piedras a la Luna como un pasatiempo atractivo. Todos lo tenían por loco y enseguida le comenzaron a motejar «El Piedras». Pero «El Piedras» no se rendía, seguía tirando piedras a la Luna. Nunca llegaba, claro está, y el desprecio de los demás aumentaba.

Un día, durante las fiestas del pueblo, se celebró un concurso de lanzamiento de peso. Se apuntaron todos los chavos de la localidad. El premio era una buena cantidad de dinero. Como te puedes imaginar, «El Piedras» ganó con diferencia, estaba bien entrenado. Después, con el tiempo, «El Piedras» fue campeón de lanzamiento de peso y se convirtió en la persona más envidiada del pueblo.

¡Vaya cuento más tonto! Te doy toda la razón. Pero «El Piedras» no se me hace un tipo tan raro. Quizás tú y yo tenemos algo de lanzadores lunáticos de piedras. A diferencia de Mónica y de Nacho, «El Piedras» era alguien que quería algo y ponía todos los medios para conseguirlo. No lo consiguió, pero eso le sirvió para superarse a sí mismo y tener un motivo para vivir. La ética tiene mucho de esto.

Pero, ¿te imaginas qué hubiera pasado si «El Piedras» no hubiese ganado aquella prueba de lanzamiento de peso? Nos habría dado lástima. Sin este final feliz, el cuento de «El Piedras» se viene abajo y el pobre hombre queda de idiota para arriba. Pero él era feliz tirando piedras a la Luna, eso le divertía, le motivaba. Tanto que le llevaba a dejar otras diversiones, encontraba un sentido en ello. Con los sueños y las ambiciones personales sólo se consigue la admiración de los demás cuando te llevan a triunfar, si no, estás perdido. Pero eso no quiere decir que tus ideales, tus sueños, no te hagan feliz y no den sentido a tu vida, sino que los demás sólo valoran que tu triunfo se vea. Puedes ser el hombre o la mujer más feliz del mundo, pero si eso no se ve, no cuenta para los demás. También puede ser uno el tío más desgraciado del mundo, pero si consigue aparentar todo lo contrario, entonces suscitará admiración y envidia. Tal era el caso de Nachito y de Mónica.

Si no fuese por la opinión de los demás, cuántos harían muchas cosas que ahora no hacen. Mucha gente, creo que no precisamente la minoría, tiene sus propios sueños, sus anhelos, esas cosas que piensan que si las hicieran, les llevarían a convertirse en los seres más felices del mundo y muchas veces están convencidos de que si no son todavía felices es porque no las han podido realizar. Tú seguramente también tienes algo que vas buscando en tu vida como lo más importante. Puede ser dinero, sexo, amor, darte a los demás. Eso es lo que en la ética se llama el ideal. Es aquello que ocupa tu mente, que llena tus proyectos; lo que te gustaría alcanzar. Hay ideales que te enriquecen y hay ideales que te empobrecen. Los ideales altos son como las luces largas de los autos, permiten ver mucho por delante y dan seguridad. Los ideales egoístas, chatos, son como las cortas, con ellas no se ve casi nada y es más fácil embarrarse, no pueden llenar tu vida, a lo sumo te valen para pasar el rato.

Yo tenía un amigo en España cuya máxima ilusión era dar la vuelta al mundo en solitario en un velero. Era su secreto, sólo se lo decía a sus amigos íntimos. Ahorraba todo el dinero que podía pensando en su viaje. Cuántos sacrificios para hacer realidad su sueño, cuántos fines de semana pasados en casa sin salir, cuántos catálogos y revistas de barcos manoseados una y otra vez. Era su obsesión, le absorbía, llenaba su vida, casi no le hacía falta nada más. Se compró el velero, un *Amphitrite* francés de 12 metros de eslora, dos mástiles. Lo llenó de provisiones e inició su viaje. Salió de Marbella, llegó hasta la isla de Cerdeña. Luego se aburrió y vendió el velero. Después me comentó que no era para tanto. ¡Pobre tipo!, se pasó toda la vida sacrificándose para algo que luego le defraudó. No sé, pero me parece que la vida es demasiado corta como para hacer experimentos de este tipo y andar de fracaso en fracaso. ¿No te parece absurdo invertir la vida en perseguir ideales que no llenan, en vivir a golpe de sueños inconsistentes? Tiene que haber algo mejor en lo que invertir la vida. No me quedo ni con Nacho, ni con Mónica, ni con «El Piedras», ni con el del velero.

DIEZ MINUTOS DE REFLEXIÓN

> El hombre no puede vivir plenamente si no hay algo capaz de llenar su espíritu hasta el punto de desear morir por ello. ¿Quién no descubre dentro de sí la evidencia de esta paradoja? Lo que no nos incita a morir no nos excita a vivir. Ambos resultados, en apariencia contradictorios, son en verdad, las dos caras de un mismo estado de espíritu. Sólo nos empuja irresistiblemente hacia la vida lo que por dentro inunda nuestra cuenca interior. Renunciar a ello sería para nosotros mayor muerte que con ello perecer. Por esta razón, yo no he podido sentir nunca hacia los mártires admiración, sino envidia. Es más fácil lleno de fe morir, que exento de ella arrastrarse por la vida (ORTEGA Y GASSET, *Obras Completas*, vol I, pág. 88).

La historia de cada persona conoce un momento o periodo de tiempo en el que la actitud alerta de espera comienza a escuchar la voz del ideal. Un valor o un determinado conjunto de valores, poco a poco o de un modo fulminante, cobra relieve en el fondo de su aprecio, se destaca del grupo de valores afines y se siente como más entrañable, íntimo, propio y único. Más aún, a medida que esos valores se configuran de modo tal que el resto se convierte en simple telón de fondo, a medida que esos valores se acercan a nosotros, experimentamos una sensación interior de pertenencia radical y de secreta complicidad con ellos. Es como si nos apercibiéramos de pronto que, ya desde antes, nuestro ser más íntimo estuviese hecho para la realización de esos determinados valores. Como si ellos fuesen una especie de condición central de nuestro ser, algo ya en nosotros instalado, antes de que se estableciera el encuentro consciente con ellos. Algo que madura en nosotros y con nosotros y que ahora se nos muestra como aquello que deberá definirnos y diferenciarnos.

Es en esta vivencia donde se experimenta el aspecto objetivo y el subjetivo del valor. Por una parte es sentido como algo que viene a nosotros, como algo recibido, como algo que solicita ser reconocido y apropiado, y a la vez atrae y exige. Pero, por otra parte, es experimentado como algo que, para llegar a ser, depende de nuestra decisión. De nuestro empeño y compromiso. (HÉCTOR MANDRONI, *La vocación del hombre*).

CAPÍTULO 3

¿Y DESPUÉS QUÉ?

¿ NUNCA TE he platicado de Beto? Seguro que en tu colegio o en tu salón existía un tipo como Beto. Beto era el «fanfarrón» de mi colegio, el que cada lunes trataba de impresionarnos contándonos sus aventuras del fin de semana. No se dejaba detalle. Los demás parecían sentir cierta envidia y eso le complacía mucho a él. Le gustaba hacerse el interesante, hacernos ver que su vida no era aburrida como la de los demás. Obviamente, le ponía mucha crema a sus tacos, pero todos se los comían. Hablaba de todo: hoteles en los que había estado, discotecas, fiestas, gente interesante con que se había encontrado, carros y helicópteros que había manejado, etcétera. Especialmente, dedicaba un amplio espacio de sus charlas a las chicas que había conocido. Aquí se deleitaba bastante describiéndolas, hablando de sus «relaciones», etcétera.

En mi salón había otro sujeto curioso: «El Pipas». A mí me parecía más digno de imitar que Betito. Creo que no en todos los colegios o salones de universidad hay gente como «El Pipas». Un tipo de una pieza, maduro, generoso con todo el mundo, enamorado de su novia. Se dedicaba todos los domingos a repartir comida en barriadas de gente humilde, asistía a los enfermos desamparados de los hospitales, organizaba fiestas para niños sin familia. Y de todo esto, no decía nada a nadie si no era para invitarnos a ir con él.

Un día, me parece que era lunes, estábamos hablando en un grupito con «El Pipas». No recuerdo el tema. De pronto apareció Beto con su cara de *cruda* típica del primer día de la semana después de un puente. Saludó y rápidamente pasó a su tema, no hizo falta preguntarle.

— ¡Vaya *weekend*! ¡Letal, mano, letal!

Esto, en el vocabulario de Beto quería decir que el puente había estado lleno de aventuras y que nos preparásemos a escucharlas. Comenzó describiendo su llegada a Acapulco. La fiesta de la noche, la «gringa» que se encontró, cómo se hicieron muy amigos, la cena en su departamento, etcétera.

Cuando el relato llegó al clímax, «El Pipas» preguntó:

— ¿Y después, qué, Beto?

Y Beto se quedó perplejo:

— ¿Cómo que después qué? ¿Qué más quieres habiendo conocido a una chava en esa tarde?

«El Pipas» no se rindió:

— Sí, ¿que después qué? ¿Que para qué te sirvió? ¿Que en qué pensaste después? ¿Que cuál es el sentido de todo eso? ¿Que por qué lo haces? ¿Que si eso te llenó o te dejó insatisfecho?

Beto no supo responder a tantas preguntas que seguramente nunca se había querido plantear. Se contentó con decir secamente:

— No sé si me llenó, pero me lo pasé bien.

«El Pipas», en un tono muy amable le dijo que en la vida

había cosas más importantes que el *weekend* y que sus aventuras, que no le encontraba sentido a eso de vivir buscando sólo satisfacer unos instintos, tratando de llegar un poco más lejos cada vez. Lo hizo en buen plan, no daba la impresión de un predicador que lanza su sermón. Simplemente decía lo que sentía.

Beto estaba confundido; hasta ahora nadie se había atrevido a contradecirle, era el ídolo de muchos y no estaba dispuesto a dejar ese título conseguido a pulso. Así que se puso serio e hizo ademán de golpear a «El Pipas». Pero «El Pipas», no sé si lo he dicho antes, era un toro. Beto nos miró fijamente y se dio cuenta de que había sido derrotado, por esta vez no había conseguido suscitar la envidia de los demás. No supo decir si todas esas cosas de las que presumía, realmente daban sentido y plenitud a su vida. Beto se retiró y «El Pipas» tuvo el bonito detalle de irse con él a platicar un rato. Verdaderamente aquel día «El Pipas» pasó a ser el líder del salón.

Yo nunca he sabido los porqués de la vida de Beto, a veces daba la apariencia de que hacía las cosas sólo para que le admiráramos y que sentía más gusto en contarlas que en hacerlas. En el fondo a mí me daba mucha pena, me parecía un tipo insatisfecho, lleno de dudas y temores inconfesables que buscaba el aplauso de los demás para sentirse alguien en la vida. Seguramente tú conoces muchos Betos o muchos Nachos en tu vida. Lo que no hay tanto son tipos como «El Pipas».

Estoy seguro de que un día Beto madurará y se dará cuenta de lo que realmente es importante en la vida. Pero, ¿por qué no hacerlo ya desde ahora?

DIEZ MINUTOS DE REFLEXIÓN

> He reinado más de cincuenta años, en victoria o paz. Amado por mis súbditos, temido por mis enemigos y respetado por mis aliados. Riquezas y honores, poder y placeres, aguardaron mi llamada para acudir de inmediato. No existe bendición en este mundo que se me haya escapado. En esta situación he anotado diligentemente los días de pura y auténtica felicidad que he disfrutado: suman catorce. Hombre, no cifres tus anhelos en el mundo terreno. (*Del testamento de Abderramán III*, califa de Córdoba desde los 22 años. Murió en el año 961, tras más de 50 años de reinado triunfal).
>
> «¿Por qué buscas fuera la felicidad que está puesta dentro de ti?» (Boecio, *La consolación de la filosofía* 2, 4).
>
> De hecho, *el hombre de la civilización actual se ha hecho poco sensible a las «cosas últimas»*. Por un lado, a favor de tal insensibilidad actúan la secularización y el secularismo, con la consiguiente actitud consumista, orientada hacia el disfrute de los bienes terrenos. Por el otro lado, han contribuido a ella en cierta medida los *infiernos temporales*, ocasionados por este siglo que está acabando. Después de las experiencias de los campos de concentración, los gulag, los bombardeos, sin hablar de las catástrofes naturales, ¿puede el hombre esperar algo peor que el mundo, un cúmulo aún mayor de humillaciones y de desprecios? ¿En una palabra, puede esperar un infierno? (Juan Pablo II, *Cruzando el umbral de la Esperanza*).

CAPÍTULO 4

¿Quién es el miserable?

Un día cualquiera, al salir de un banco en el centro de Madrid, escuché unos gritos y vi caer, muerto, cerca de mí, a un hombre de unos 40 años, de tez morena. La gente se acercó enseguida. Salieron algunas señoras de una peluquería cercana movidas por la curiosidad. Una de ellas comentó en voz alta: «¡pobre miserable!».

El portero del edificio echó a correr hacia el cadáver abriéndose paso entre la gente. Enseguida reconoció el cuerpo: ¡Tarik! Se dirigió hacia algunas personas y explicó emocionado que Tarik era egipcio y que llevaba ya cuatro años trabajando como limpiavidrios, que dormía en un banco y casi no comía para mandar todo el dinero de su sueldo a su esposa y a sus hijos que vivían en Egipto. Dijo que era una bellísima persona, siempre dispuesto a ayudar a los demás. El portero contó que él sufría de asma y no podía hacer esfuerzos físicos y Tarik siempre le ayudaba; le hacía el favor de sacar la basura, le limpiaba el piso, todo con una sonrisa y sin pedir nada a cambio. Un policía abrió la camisa de Tarik y encontró una vieja cartera con la foto de su familia. El portero del edificio siguió hablando: ¡Cuántas veces me enseñaba las fotos de su familia! Los amaba de verdad. Eran la única ilusión de su vida. Por ellos trabajaba y vivía.

Tarik, en sus desgracias, era un hombre feliz. Tenía una ilusión para vivir. No parece que se le pueda aplicar el término de miserable que significa desdichado, infeliz.

Sin embargo, la señora que dijo «¡pobre miserable!» era la mamá de un compañero mío de estudios: divorciada, preocupada casi exclusivamente de su cuerpo, de su aspecto físico, de la moda, de su corte de pelo, de su juego de canasta. Sólo soltaba el cigarro de la mano para tomar el vaso de whisky. Sus caprichos eran el centro de su vida. Amaba a su hijo de una forma muy especial: le compraba todo lo que se le pasaba por la imaginación, pero no quería oírle hablar de sus problemas ni de sus cosas. Le daba lo que quería, no lo que necesitaba. A mí me pareció absurdo el comentario de aquella fracasada señora. ¿No te parece que ella era más miserable que aquel pobre hombre que yacía bañado de sangre en la Castellana? ¿Qué motivos para vivir tenían uno y otro?

La felicidad parece más al alcance de la mano de Tarik que de la emperifollada señora del comentario. Tarik tenía su vida llena de ilusiones, de amor, no necesitaba de nada y era capaz de privarse de todo por algo que le llenaba absolutamente. La señora de la peluquería vivía en ansiedad permanente, buscando cosas que llenasen su aburrimiento, no tenía un proyecto claro de vida.

Además, ¿no se te hace más noble el ser que vive con la ilusión de ser alguien para los demás que el que sigue exclusivamente las pautas de comportamiento que le dicta su egoísmo o su aburrimiento?

En el fondo, el problema está en saber dar un cauce a la propia libertad y eso no es tan sencillo como parece. El hombre en su comportamiento tiende naturalmente a lo más fácil, no a lo más bueno, y sólo supera esta tendencia hacia la vida superficial con motivaciones, opciones maduras, ideales. Que me perdonen los grandes estudiosos de la ética que desde su escritorio conciben al hombre idílicamente como un ser bueno por naturaleza. Estoy convencido, cada vez más, de que todo hombre, si no tiene un fuerte motivo interior que le lleve a superar esa innata tendencia a lo fácil, a lo cómodo, a buscar sólo lo que se le pone al alcance de la mano, a conseguir aquello que puede satisfacer sus placeres, su vanidad o su deseo de poseer, no alcanzará nunca la verdadera felicidad. El hombre tiene una necesidad vital de ideales, de motivaciones que den sentido a su vida; no es sólo un animal que puede contentarse con la satisfacción de sus instintos o de sus necesidades materiales. Necesita más. Por eso, su felicidad no depende sólo de la posesión de bienes o del poder que puede alcanzar sobre los demás.

Creo que sólo el hombre que se mueve por el amor está en condiciones de alcanzar la felicidad. Vivir sin amor es ser miserable.

DIEZ MINUTOS DE REFLEXIÓN

> Porque nosotros no hemos traído nada al mundo y nada podemos llevarnos de él. Mientras tengamos comida y vestido, estemos contentos con eso. Los que quieren enriquecerse caen en la tentación, en el lazo y en muchas codicias insensatas y perniciosas que hunden a los hombres en la ruina y en la perdición. Porque la raíz de todos los males es el afán de dinero, y algunos,

por dejarse llevar de él, se extraviaron en la fe y se atormentaron con muchos dolores. Tú, en cambio, hombre de Dios, huye de estas cosas; corre al alcance de la justicia, de la piedad, de la fe, de la caridad, de la paciencia en el sufrimiento, de la dulzura (*1ª carta a Timoteo* 6,7-11).

El secreto de la existencia humana no consiste solamente en vivir, sino también en saber para qué se vive (Dostoyevski).

Existe un solo problema filosófico verdaderamente serio: juzgar si la vida merece o no merece ser vivida. Lo demás, por ejemplo, si el mundo tiene tres dimensiones, si el espíritu tiene nueve o doce categorías, son cuestiones secundarias (Albert Camus, *El mito de Sísifo*).

Precisamente en aquel periodo de tanto desprecio por el hombre como quizá nunca lo había habido, cuando una vida humana no valía nada, precisamente entonces la vida de cada uno se hizo preciosa, adquirió el valor de un don gratuito.
  En esto, ciertamente, los jóvenes de hoy crecen en un contexto distinto, no llevan dentro de sí las experiencias de la Segunda Guerra Mundial. Muchos, además, no han conocido —o no lo recuerdan— las luchas contra el sistema comunista, contra el Estado totalitario. Viven en la libertad, conquistada para ellos por otros, y en gran medida han cedido a la civilización del consumo. Estos son los parámetros, evidentemente sólo esbozados, de la situación actual (Juan Pablo II, *Cruzando el umbral de la Esperanza*).

CAPÍTULO 5

«El Rata»

Hace tres años, cuando yo estaba en España, la televisión presentó un caso conmovedor: un policía vestido de civil detenía a un muchacho de once años considerado delincuente peligroso, adicto a la heroína, incapaz de comunicarse con normalidad, con signos evidentes de una fuerte anomalía en su desarrollo mental y físico. Éste era «El Rata», un producto de una sociedad donde no se tiene muy claro dónde está la felicidad. «El Rata» había nacido como un muchacho normal. Sin embargo, sus padres quisieron hacer de él un ser realmente feliz y para ello procuraron que fuera absolutamente libre, según el concepto de libertad que ellos tenían, ¡claro! Desde pequeño le administraban drogas de diversos tipos. Primero le daban a beber café con aspirinas, luego le iniciaron en la heroína, el hachís, la cocaína y el L.S.D. Quizás no habían escuchado aquel famoso rock de Miguel Ríos:

«No montes ese caballo [heroína],
desconoce la verdad,
es un caballo en la sangre
que te reventará.

*Por el camino del caballo
verás un espejismo:
cuando te crees más libre,
es cuando más atrapado estás».*

Pero eso no era suficiente para lograr un ser libre. Por ello, a «El Rata» le enseñaron a practicar todo tipo de vicios sexuales. Jamás pisó una escuela, nunca recibió una orden, una orientación, una motivación, una prueba de afecto.

El resultado no fue un ser libre sino un esclavo de sus tendencias instintivas desorientadas, un esclavo de sí mismo o, mejor dicho, de lo que sus padres habían hecho de él; un hombre sin rumbo, incapaz de forjarse un destino; un adicto a la droga a los ocho años, un delincuente peligroso a los once y un desgraciado para toda la vida, al que se privó para siempre de conocer la belleza de vivir, la felicidad de ser un hombre realmente libre.

Los padres de «El Rata» eran libres y con su libertad construyeron la desgracia de su hijo. La libertad es así. Lo que haces influye en los demás, en tu medio ambiente, pero sobre todo influye en ti. Lo que haces libremente te construye o te destruye como hombre, y construye o destruye a los demás, a los que te rodean, a la sociedad. Esto te hace responsable de lo que haces. Cuando los papás de «El Rata» decidieron libremente hacer de su hijo un ser absolutamente «libre» y pusieron los medios para conseguirlo, se convirtieron en responsables de lo que le pasaba a su hijo. No podían decir que su hijo acabó así porque nació destinado a eso, porque tuvo mala influencia zodiacal, porque lo hechizó un hada madrina. La cosa es demasiado trágica como para buscar imágenes tontas, «El Rata» es así porque sus padres quisieron que fuera así. Otra cosa es que sus padres quizás no se imaginaban que iban a producir un ser tan desgraciado, no sabían que les iba a salir mal el experimento. Los padres de «El Rata» fueron responsables de los males que sufrió su hijo antes de que él mismo pudiera darse cuenta o ser responsable de sus actos.

Sería más fácil dejar esta historia y hablar de otra cosa, pero el caso de «El Rata» ilumina lo que sucede en todo acto libre, fruto de una decisión. Cada acto libre te construye o te destruye y este construirte o destruirte como hombre es lo que llamamos el bien o el mal moral.

Todo acto libre se mueve en el horizonte del bien y el mal, lo queramos o no. Si el acto libre te construye como hombre, es bueno; si te destruye, es malo. Así de fácil. ¿Y cómo sabes si un acto libre te construye o te destruye? Muy sencillo, si te ayuda a crecer hacia los grandes valores de la vida humana (amor, sinceridad, honradez, respeto a los demás, donación de ti mismo...), a todo lo que te hace más humano, entonces te construye; si va de acuerdo a las leyes de la naturaleza humana, te construye. Si hace daño a los demás, si te degrada, si va en detrimento de tu humanidad y se fija sólo en los instintos, si se deja dominar por las pasiones, te destruye.

Todo acto libre tiene unas consecuencias que van mucho más allá del mismo acto, aunque sea el más secreto, aunque sea el pensamiento más oculto; todo acto libre te construye o te destruye y construye o destruye tu entorno. Por eso se puede decir que todos los actos libres son morales.

Sin embargo, no todos influyen de igual forma en ese construirte o destruirte como hombre. Algunos influyen tan poco que ni siquiera se consideran habitualmente en el campo de la ética. Por ejemplo, jugar un partido de fútbol es un acto libre, fruto de una decisión, pero no se puede decir que influya decisivamente en tu ser hombre. Sin embargo, el comportamiento que se tiene con los compañeros de juego sí te construye como hombre. Es más, tu comportamiento en este caso puede influir en ellos mucho más de lo que tú crees.

Los papás de «El Rata», cualquier persona, tiene la capacidad para modificar su vida y la vida de los demás y esto se puede orientar hacia el bien o hacia el mal, a ayudar a construir a los demás o a destruirlos. Por eso, cuando vi a Tarik en el suelo no me pareció tan miserable, Tarik dedicó su vida a construir.

DIEZ MINUTOS DE REFLEXIÓN

> Estas imágenes se fueron adueñando de mi mente, de mi voluntad y me llevaron irremediablemente a una vida de crímenes atroces sin poder escaparme de aquella espiral; no tenía voluntad, no era dueño de mí, estaba destrozado y seguía buscando mi mal, lo odiaba y seguía sometido a ello. (*Testimonio de un condenado a muerte por delitos sexuales que, antes de morir en la silla eléctrica, dejó escrita esta nota explicando que todos sus problemas comenzaron con la pornografía que veía de niño en la televisión*).

Hoy se sabe muy bien que elegir libremente hacer algo es una condición para ser libre, pero no es todavía la libertad en sentido riguroso. Yo soy libre de verdad cuando tengo poder para elegir aquello que me perfecciona como ser humano y me lleva a realizar mi vocación y mi misión en la vida. Si actúo arbitrariamente y elijo sólo en virtud de mis caprichos momentáneos, sin tener en cuenta el ideal que debo perseguir en mi existencia que es desarrollar plenamente todas mis posibilidades de hombre, no tengo libertad interior; soy esclavo de mi tendencia a tomar lo agradable como valor supremo. Pero ¿qué filósofo de calidad admite esto hoy en día? Lo agradable es un valor, ciertamente, pero se halla en la parte más baja de la escala de valores. (ALFONSO LÓPEZ QUINTÁS, *El amor humano*).

Tenemos necesidad del entusiasmo de los jóvenes. Tenemos necesidad de la alegría de vivir que tienen los jóvenes. En ella se refleja algo de la alegría original que Dios tuvo al crear al hombre. Esta alegría es la que experimentan los jóvenes en sí mismos. Es igual en cada lugar, pero es también siempre nueva, original. Los jóvenes la saben expresar a su modo (...). Y aunque sus años aumentan, ellos exhortan al Papa a ser joven, no le permiten que olvide su experiencia, su descubrimiento de la juventud y la gran importancia que tiene para la vida de cada hombre. Pienso que esto explica muchas cosas. (JUAN PABLO II, *Cruzando el umbral de la Esperanza*).

Efectivamente, el periodo de la juventud es el tiempo de un descubrimiento particularmente intenso del «yo» humano y de las propiedades y capacidades que éste encierra. A la vista interior de la personalidad en desarrollo de un joven o de una joven, se abre gradual y sucesivamente aquella específica —en cierto sentido única e irrepetible— potencialidad de una humanidad concreta, en la que está como inscrito el proyecto completo de la vida futura. La vida se delinea como la realización de tal proyecto, como «autorrealización».

Es la riqueza de descubrir y a la vez de programar, de elegir, de prever y de asumir como algo propio las primeras decisiones, que tendrán importancia para el futuro en la dimensión estrictamente personal de la existencia humana (Juan Pablo II, *Queridísimos jóvenes*).

CAPÍTULO 6

LA LEY MORAL, LO MÁS NATURAL

Quizás te acuerdes todavía de un comercial de yogurt que decía: «Danone, lo más natural». Seguramente no pretendía anunciar que el yogurt *Danone* fuese lo más auténticamente puro que se encuentra en la naturaleza pues no deja de ser un producto fabricado por el hombre, aunque sea a partir de la leche y de sustancias naturales. Sólo se quería destacar que el *yogurt Danone* es muy sano. Es una forma de hacer publicidad.

Sin embargo, buscando a nuestro alrededor vemos que sí hay algo que es lo más natural, que se encuentra en nosotros mismos y que influye en tu vida, en nuestras vidas, más que un simple yogurt.

Antes hablábamos de construirse como hombre y comenzamos a comentar algo sobre cómo podíamos distinguir lo que construye y lo que destruye al hombre. Ahora vamos a ver más en profundidad qué es lo que nos marca la guía para construirnos como hombres y para construir una familia, una sociedad, un estado, a la medida del hombre, porque estos elementos auténticamente naturales se aplican a todos los campos en los que entra la libertad humana. Son realidades que se descubren en la naturaleza, que el hombre no fabrica y que tienen gran importancia para él porque rigen su comportamiento, le ayudan a construirse, a ser mejor como hombre.

Tú que has estudiado física y química en secundaria y prepa, te habrás dado cuenta de que el hombre, a lo largo de la historia, ha ido descubriendo las leyes de la naturaleza. No es que antes no supiera que existían sino que aún no había conseguido formularlas. Por ejemplo, los chinos, cuando inventaron el paracaídas, no tenían ni idea de las leyes del rozamiento ni de la ley de la gravitación universal de Newton, pero descubrieron que tirándose desde una torre agarrados a los cuatro extremos de una sábana, el golpe era menor.

El hombre descubre las leyes, pero además se ajusta a ellas por el bien que le trae. Por ejemplo, tú, a no ser que quieras suicidarte, no sacas todo tu cuerpo completamente fuera de la ventana del piso 32 de un edificio. Sabes que no te quedarás precisamente suspendido en el vacío. El yogurt te lo puedes tomar si quieres, pero de la ley de la gravedad no te puedes escapar. Y esa ley no la ha creado ningún hombre.

En el universo se perciben estas leyes constantes que garantizan su perfecto «funcionamiento». Así, por ejemplo, el mismo fundamento de la ley de la gravedad que te impedía asomarte más de lo necesario por la ventana del piso 32, es el que rige también todas las órbitas planetarias. Son leyes *inmutables*, es decir, durarán mientras dure el mundo. Además son *universales* porque abarcan a todos los seres. No conozco a ningún árbol que esté libre de la ley de la gravedad y flote tranquilamente en el aire. Es verdad que hay muchos animales y vegetales que han desarrollado mecanismos para superar estas leyes y, por ejemplo, poder volar. Pero esto no significa que la ley deje de existir sino que ellos son más «listos».

Al hombre también le afectan estas leyes y le afectan en todas las dimensiones de su ser: física, química, biológica y espiritualmente.

El movimiento de los planetas se rige sólo por leyes físicas. La descomposición y formación de minerales, por leyes químicas. El comportamiento animal o vegetal, por leyes biológicas, por la necesidad y el instinto.

Los hombres, únicos seres libres en el universo visible, dotados de alma y cuerpo, descubren en sí mismos unas leyes para orientar su libertad hacia su realización perfecta como seres espirituales. Por ejemplo, el hombre descubre en su interior un principio clarísimo que, aunque no lo hubiese escuchado nunca, seguiría teniendo el mismo peso en su conciencia pues parece como si hubiéramos nacido con él: «Hay que hacer el bien y evitar el mal». Esta máxima la aplicamos a todos los campos de nuestra vida, aunque a veces nos preocupan más otros bienes (placeres inmediatos, amistades, vanidad, bienestar, etcétera) que el bien al que se refiere ese precepto: el bien moral. Cuando percibimos en nuestra conciencia ese «hay que hacer el bien y evitar el mal», lo que hacemos es expresar una tendencia del hombre hacia el bien moral. Pero, ¿cómo podemos bajar a lo concreto, a nuestro actuar cotidiano, esa búsqueda del Bien? A través de las demás leyes morales. Sólo ellas nos pueden llevar a alcanzar el bien moral en nuestras vidas.

Se llaman leyes morales naturales (o ley moral natural), porque se refieren a la naturaleza (modo de ser) del hombre. De hecho, somos los únicos seres sobre la Tierra sujetos a leyes espirituales o éticas. El hombre puede comprenderlas con su inteligencia o razón y aplicarlas a diversas circunstancias.

Un ejemplo de aplicación de esta ley natural o leyes naturales es el *Proceso de Nuremberg* que siguió a la Segunda Guerra Mundial. En él se juzgaba a los principales jefes de la Alemania nazi acusados del exterminio de millones de inocentes. Ellos se defendían diciendo que no habían hecho nada malo, que se limitaban a cumplir órdenes de los legítimos representantes (elegidos democráticamente) de un Estado soberano, reconocido internacionalmente. Los fiscales aliados ganaron el juicio basándose en el argumento de que los nazis cometían *crímenes contra la humanidad* entendida no como el conjunto de seres que pueblan el mundo, pues no había leyes supraestatales universales que pudieran servir de base para condenarlos, sino como naturaleza humana, es decir como aquello que caracteriza la vida del ser humano sobre la Tierra. Se estaba apelando a la ley natural.

La ley natural tiene las mismas propiedades que las demás leyes del universo: *universalidad e inmutabilidad*, es decir: abarca a todos los hombres por el hecho de ser hombres y no cambia con el paso del tiempo. Está grabada a fuego en su ser. A ella pertenecen todos los preceptos generales que se repiten en todas las culturas desde la creación del hombre (no matarás, hay que hacer el bien y evitar el mal, respeta al otro y a sus bienes, defiende la verdad, etcétera), aunque a veces hayan sido deformados por la misma libertad humana o interpretados de muy diversas formas. Por ejemplo, para los caníbales sigue siendo malo matar a los semejantes, pero ellos entendían como semejantes sólo a los de la misma tribu o los musulmanes que deforman la institución matrimonial-familiar (de ley natural) introduciendo la poligamia basados en una consideración errónea de la dignidad de la mujer. Hoy también, aunque todas las sociedades rechazan el asesinato, sin embargo se permite y practica el aborto apoyándose en la concepción errónea de que el feto no es un ser humano.

Toda ley corresponde a un bien, va orientada a conseguir un efecto bueno. Como la ley de la gravedad conserva el equilibrio orbital entre los planetas, también la ley moral va orientada a alcanzar un bien moral, a construir al hombre. La ley moral nos guía para conseguir ese *bien moral* que abarca a todo el hombre, que hace que éste actúe de acuerdo a su dignidad.

DIEZ MINUTOS DE REFLEXIÓN

> La moralidad de los actos está definida por la relación de la libertad del hombre con el bien auténtico. Dicho bien es establecido, como ley eterna, por la sabiduría de Dios que ordena todo ser a su fin. Esta ley eterna es conocida tanto por medio de la razón natural del hombre (y, de esta manera, es «ley natural»), cuanto —de modo integral y perfecto— por medio de la revelación sobrenatural de Dios (y por ello es llamada «ley divina»). El obrar es moralmente bueno cuando las elecciones de la libertad están conformes con el verdadero bien del hombre y expresan así la ordenación voluntaria de la persona hacia su fin último, es decir, Dios mismo: el bien supremo en el cual el hombre encuen-

> tra su plena y perfecta felicidad.(*Carta encíclica Veritatis Splendor* del PAPA JUAN PABLO II, no. 72)
>
> Con frecuencia se interpreta lo general como lo normal y lo normal como normativo. Pero eso significa aplicar a la vida ética un criterio sociológico, que es del todo insuficiente. La sociología nos descubre cómo actúa la mayoría. La ética nos enseña cómo debiera actuar. La sociología observa hechos. La ética fija ideales y conductas; determina qué ideales y conductas son los que garantizan la fecundidad de la vida humana. Las normas de acción no vienen dadas por la opinión pública o el comportamiento general, sino por las leyes que rigen la actividad creadora del hombre. (ALFONSO LÓPEZ QUINTÁS, *El amor humano*).

CAPÍTULO 7

EN UN CONCIERTO DE LOS ROLLING STONES

TÚ QUIZÁS NO TE ACUERDAS, pero durante el mundial de fútbol en España se organizaron diversos eventos culturales. Uno de ellos, quizás el más famoso, fue el concierto de los *Rolling Stones*.

Más de 50 tráilers fueron necesarios para transportar todo el material, el escenario, etcétera. Los boletos se vendían a precio de oro y el ambiente que se creó en torno al *Estadio Vicente Calderón* atrajo la atención de muchas personas que se entretenían viendo oleadas de jóvenes de las más distintas procedencias. Yo también fui. Me gustaba la música de los Rolling Stones, tenía ilusión por oír su último éxito: *Emotional Rescue*, en vivo (estoy hablando del año 1982). Reconozco que me chocó un poco ver el comercio y el consumo de droga que se desarrollaba por todas partes en torno al estadio. El L.S.D. en sus diversas formas pasaba de mano en mano. Dentro, el calor sofocante y el griterío no hacían muy agradable el ambiente. De todos modos, enseguida salió al escenario *Mike Jagger* y polarizó la atención de todos. Todas las miradas se concentraban en él.

La gente parecía fuera de sí. Yo mismo me sentía dominado por el ambiente. En pleno concierto, cuando Mike Jagger comenzó a disparar agua desde el escenario, se me ocurrió volver la vista y mirar a los que estaban detrás de mí. Descubrí la cara de una amiga mía gritando entre histérica y desesperada. Se dio cuenta de que la miraba y cambió de actitud, sintió vergüenza por su comportamiento. Era como si de repente hubiera dejado de ser masa y se hubiera convertido en ella misma con nombres y apellidos. Aquí la toma de conciencia se debía a la mirada de alguien ajeno, pero también podría haberse producido este cambio de comportamiento si ella misma hubiera pensado en lo que estaba haciendo. Mi amiga era víctima del fenómeno que llamamos *la masa*. Me hizo falta un concierto de los Rolling Stones para darme cuenta de lo que significa la masa.

Muchas veces lo he vuelto a ver en muy diversos marcos: multitudes de hombres concentrados en algo, que refugiados en el anonimato pierden la conciencia de lo que son. Fuera de ese ambiente serían incapaces de hacer lo que hacen ahí.

En realidad no son fenómenos aislados, se puede decir que la cultura de hoy se construye en función de la masa. Así, por ejemplo, el comportamiento de los jóvenes de hoy está lleno de modelos de comportamiento que se repiten en masa, desde el llevar la misma marca de pantalones, el mismo peinado o el mismo tipo de zapatos hasta el copiar las mismas actitudes hacia ciertas realidades. No se paran a pensar si eso es lo mejor, simplemente se dejan llevar, son dóciles a las corrientes de pensamiento, a las modas, etcétera, sin ningún análisis. Parece que estamos en la sociedad de las masas y de unas masas que funcionan a golpe de propaganda y no como fruto de una reflexión y valoración personal de las cosas que se quieren conseguir. Decía *Goebbels*, Jefe de Propaganda del *Tercer Reich*, que la propaganda no busca decir algo, sino que se haga algo, y esto lo están aplicando.

Estamos en la época de la propaganda. Todos quieren imitar un modo de comportamiento que reciben a través de la televisión, del cine, de la publicidad, de la prensa. Se crean prototipos de comportamiento, modas, *slogans,* a través de los más diversos medios. Cuántos miles de jóvenes forman su opinión en los *telefilms* o construyen sus criterios a la medida de sus ídolos favoritos. Puedes hacer una prueba: pregunta a un amigo tuyo por qué usa pantalones Levi's, por qué se deja coletita en el pelo, por qué lleva arete o por qué le gusta la música de U2. O pregúntatelo a ti mismo como yo me lo he preguntado. Lo máximo que puedes responder es «me gusta» u otros argumentos por esa línea. En el fondo no hay razones objetivas, simplemente está de moda, lo hace la masa. Pero después de unos años todas las modas pasan y los que las defendían cambian de opinión. Los que usaban pantalones de campana en los años 70 usaron pantalones de tubo en los 80 y los que se dejaban melenas en los 80 se ponen gel en el pelo y se rapan en los 90. Pregúntate cuántas cosas haces simplemente por imitar, por dejarte llevar por la masa. Se corre el riesgo de convertirse en un medio para acrecentar las fortunas de mucha gente o en una campana que repite criterios vacíos sin pararse a analizar su fondo.

En España hay un caso curioso que nos puede servir para darnos cuenta de cómo se forman los criterios a través de la masa. Desde el año 1982 comenzó a hablarse de que la sociedad española estaba traumatizada por el sexo, que la juventud vivía reprimida, obsesionada. Este *slogan* se lanzó por todos los medios de comunicación y se utilizó para justificar las más aberrantes campañas de promoción del erotismo, la pornografía, los anticonceptivos, la promiscuidad juvenil, etcétera. Una y mil veces se repetía lo mismo. ¿Cuál fue el resultado? Basta darse una vuelta por una ciudad española o platicar diez minutos con cualquier joven español al que le haya alcanzado esta ola. Hay una juventud traumatizada, obsesionada por el sexo, con graves problemas psicológicos; inhábiles para distinguir el bien y el mal en este punto, sin capacidad para discernir entre lo que les hace crecer como hombres y lo que les degrada, incapaces de ver en su pareja a una persona porque la consideran sólo un objeto de placer, con muy pocas garantías de éxito para fundar una familia. Los bajísimos índices de natalidad hablan por sí solos. Se cambió la opinión pública de un país en diez años a través de una sabia explotación del fenómeno *masa*. Esto que pasó en España puede ocurrir perfectamente en México, puede ocurrir en ti. Todo depende de la solidez de tus convicciones y de que la recta formación de tu conciencia sea fuerte para no admitir el engaño y para preferir lo mejor a lo más fácil.

Tú tienes un arma maravillosa para construirte rectamente como hombre, para ser una mujer o un hombre maduro, capaz de guiarse por su reflexión, capaz de formarse sus criterios independientemente de la opinión de la masa. Esa arma es la conciencia. Una conciencia bien formada, iluminada por la ley natural, enriquecida por la fe y apoyada en las virtudes humanas, te llevará a vivir guiado por tus convicciones y no por los *slogans*.

DIEZ MINUTOS DE REFLEXIÓN

> Los que estuvimos en campos de concentración recordamos a los hombres que iban de barracón en barracón consolando a los demás, dándoles el último trozo de pan que les quedaba. Puede que fueran pocos en número, pero ofrecían pruebas suficientes de que al hombre se le puede arrebatar todo salvo una cosa: la ultima de las libertades humanas —la elección de la actitud personal ante un conjunto de circunstancias— para decidir su propio camino. (VIKTOR FRANKL, *El hombre en busca de sentido*).

De cualquier modo, la dignidad de la conciencia deriva siempre de la verdad: en el caso de la conciencia recta, se trata de la verdad objetiva acogida por el hombre; en el de la conciencia errónea, se trata de lo que el hombre, equivocándose, considera subjetivamente verdadero. Nunca es aceptable confundir un error «subjetivo» sobre el bien moral con la verdad «objetiva», propuesta racionalmente al hombre en virtud de su fin, ni equiparar el valor moral del acto realizado con una conciencia verdadera y recta, con aquél realizado siguiendo el juicio de una conciencia errónea. El mal cometido a causa de una ignorancia invencible, o de un error de juicio no culpable, puede no ser imputable a la persona que lo hace; pero tampoco en este caso aquél deja de ser un mal, un desorden con relación a la verdad sobre el bien. Además, el bien no reconocido no contribuye al crecimiento moral de la persona que lo realiza; éste no la perfecciona y no sirve para disponerla al bien supremo. (Carta encíclica *Veritatis Splendor* del Papa Juan Pablo II, no. 63).

...Sólo el acto conforme al bien puede ser camino que conduce a la vida.

La ordenación racional del acto humano hacia el bien en toda su verdad y la búsqueda voluntaria de este bien, conocido por la razón, constituyen la moralidad. Por tanto, el obrar humano no puede ser valorado moralmente bueno sólo porque sea funcional para alcanzar este o aquel fin que persigue, o simplemente porque la intención del sujeto sea buena. El obrar es moralmente bueno cuando testimonia y expresa la ordenación voluntaria de la persona al fin último y la conformidad de la acción concreta con el bien humano tal y como es reconocido en su verdad por la razón. Si el objeto de la acción concreta no está en sintonía con el verdadero bien de la persona, la elección de tal acción hace moralmente mala a nuestra voluntad y a nosotros mismos y, por consiguiente, nos pone en contradicción con nuestro fin último, el bien supremo, es decir, Dios mismo. (Carta encíclica *Veritatis Splendor* del Papa Juan Pablo II, no. 72).

Resulta, pues, obvio que el problema esencial de la juventud es profundamente personal. La juventud es el periodo de la personalización de la vida humana. Es también el periodo de la comunión: los jóvenes, sean chicos o chicas, saben que tienen que vivir para los demás y con los demás, saben que su vida tiene sentido en la medida en que se hacen don gratuito para el prójimo. Ahí tienen origen todas las vocaciones, tanto las sacerdotales o religiosas, como las vocaciones al matrimonio o a la familia. También la llamada al matrimonio es una vocación, un don de Dios. Nunca olvidaré a un muchacho, estudiante del politécnico de Cracovia, del que todos sabían que aspiraba con decisión a la santidad. Ese era el programa de su vida; sabía que había sido «creado para cosas grandes», como dijo una vez san Estanislao de Kostka. Y al mismo tiempo ese muchacho no tenía duda alguna de que su vocación no era ni el sacerdocio ni la vida religiosa; sabía que tenía que seguir siendo laico. Le apasionaba el trabajo profesional, los estudios de ingeniería. Buscaba una compañera para su vida y la buscaba de rodillas, con la oración. No podré olvidar una conversación en la que, después de un día especial de retiro, me dijo: «Pienso que ésta debe ser mi mujer, es Dios quien me la da». Como si no siguiera las voces del propio gusto, sino en primer lugar la voz de Dios. Sabía que de Dios viene todo bien, e hizo una buena elección. Estoy hablando de Jerzy Ciesielski, desaparecido en un trágico incidente en Sudán, donde había sido invitado para enseñar en la Universidad, y cuyo proceso de beatificación ha sido ya iniciado.

Esta vocación al amor es, de modo natural, el elemento más íntimamente unido a los jóvenes (JUAN PABLO II, *Cruzando el umbral de la Esperanza*).

CAPÍTULO 8

VISTE COMO QUIERAS, PERO VÍSTETE BIEN

CORRÍGEME SI ME EQUIVOCO, pero me parece que está muy de moda ser tolerante, dejar a todos hacer lo que *les dé la gana*. Esto puede ser muy bueno o puede ser nefasto, todo depende de algunas cosas que quiero analizar contigo.

Desde luego, Pancho, hay que constatar una cosa: estamos en la era del *viste como quieras*, pero nunca como hoy ha padecido el hombre tanta incomprensión y tanta dificultad de comunicación: el primer mundo no entiende al tercero; Europa no es capaz de dialogar con América; Asia y Medio Oriente siguen siendo mundos aparte y en las grandes ciudades, el vecino de arriba no cruza ni una palabra con el de abajo. Dime si no es verdad. Estamos en la sociedad del *Viste como quieras* no porque aceptemos que cada uno vista según su gusto, sino porque no nos importan los demás. Creo que si nos importasen los demás, nos preocuparíamos para que fuesen mejor «vestidos».

Para muchos suena bien eso de que cada uno se vista como quiera, que tenga las ideas que más le convenzan pero, eso sí, si no lleva pantalones *Levi's*, que no me hable; si no cree en lo mismo que yo, le desprecio internamente. Todo el mundo pide ser comprendido, tener un hueco en la sociedad, pero muchas veces es incapaz de aceptar el hueco del otro. Muchos piden reconocimiento de sus derechos y, sin embargo, no respetan los derechos más elementales de los demás.

No me entiendas mal, Pancho, ¡claro que hay que respetar al otro!, aunque no se compartan sus ideas ni su conducta. Hay que respetar al otro por su dignidad como persona. Y esto es todo lo contrario de sentir indiferencia hacia el otro en el fondo, pero aceptar al mismo tiempo que no hay ninguna verdad absoluta y, por eso, cada uno puede pensar lo que quiera. ¿Te das cuenta de la diferencia? En un caso respetas al hombre porque estás convencido de que se lo merece por su dignidad propia de persona humana; en el segundo caso, respetas la opinión ajena porque te da igual lo que piensa, porque no crees que haya ninguna verdad en el universo, nada sólido.

El respetar al otro no conlleva un desprecio por la verdad. Muchos creen que para respetar a todos no hay que creer en nada porque eso es ser fanático (estamos en el segundo caso de antes). Pero cuidado, Pancho, una cosa es ser fanático, que es una deformación de la verdad y otra es creer en valores, verdades y convicciones rectas. Por ejemplo, no podríamos respetar a los demás si no fuese porque estamos convencidos de que tienen una dignidad especial por ser personas, seres espirituales y eso es una verdad, una convicción.

No se trata, pues, de que te dé igual que cada uno vista como quiera, sino de que te preocupes por vestir bien y porque todos vayan bien vestidos, y al mismo tiempo, si queda alguno que conserve su mal gusto y no acepte vestirse bien, le respetes.

El problema de fondo es que hoy la verdad no cuenta mucho; estamos en la era de la imagen, de la apariencia, pero no de la certeza. Parece como si hoy el mundo no contemplase la verdad como un valor, por lo menos en la práctica. Se prefiere tener éxito en los negocios, aunque sea a costa de la verdad. Se tiende fácilmente a dar opiniones distorsionadas o a manipular los datos según distintos intereses. Los partidos políticos anuncian muchas veces programas electorales que después no se cumplen y ni siquiera se quieren cumplir. Se venden productos anunciándolos como lo mejor, presentándolos como remedios capaces de conseguir por sí solos la felicidad de su comprador; como si, por ejemplo, sentarse al volante de un automóvil último modelo con 200 cv de potencia, fuese casi el único medio para ser feliz y realizarse en este mundo. La deformación de la realidad o la verdad a medias tienen carta de ciudadanía en nuestra sociedad.

Por otro lado, el hombre, hoy más que nunca, busca la verdad; busca conocer el cosmos, sus leyes, aplicarlas; busca conocer al hombre en profundidad, su psicología, su funcionamiento biológico. Parece como si un fuerte instinto le moviese a buscar la verdad en todo.

El hombre vive inmerso en un mundo donde importa más tener o aparentar que ser, donde cuenta más la imagen que el fondo y donde no es difícil encontrar gente que renuncia a sus convicciones por quedar bien. Sin embargo, estos mismos comportamientos le llevan a apreciar la autenticidad y la sinceridad porque hoy es más difícil vivirlas. Podemos decir que nunca antes el hombre ha admirado más la autenticidad y la veracidad. Por un lado, se busca crear un mundo ideal a base de ofrecer «imagen pública» adaptándose a los gustos de la gente y concibiendo modelos de comportamiento poco reales pero atractivos y por otro lado, esto da lugar a un clima de desconfianza general, pues muchas veces se hace bastante difícil distinguir entre quién te engaña y quién no. De este clima de desconfianza nace el deseo sincero de encontrar a alguien que haga de su vida, de sus pensamientos y de sus obras una auténtica unidad donde no haya «poses» ni apariencias.

La veracidad es una virtud muy necesaria para el mundo de hoy, pero además es la virtud de la estabilidad psicológica. El hombre es el único ser en la Tierra capaz de conocer la verdad y de transmitirla y, al mismo tiempo, es el único capaz de mentir conscientemente. Esto se debe a su inteligencia y a su capacidad para comunicar pensamientos y afectos. Los animales pueden comunicar instintos o sensaciones. El hombre, además de *comunicar*, puede *comunicarse*, entregar parte de su yo al otro: expresar pensamientos, decisiones, sentimientos, afectos, entablar un diálogo. Esta es una capacidad que ha recibido de Dios, que le asemeja a Él. Por eso, al usarla, debe imitar a Dios en ella, darle el mismo uso que le da Dios.

El hombre puede aparentar, puede vivir de forma diversa a lo que profesa externamente, puede engañar y puede deformar sus criterios.

En nuestras sociedades, se puede constatar en muchos casos la formación de diversos tipos de personalidades inauténticas como, por ejemplo, la del que es incapaz de reconocer sus fallos y acaba desesperándose cuando se siente «descubierto»; la del que no se conforma con lo que es y aparenta un tipo de vida distinto, sintiéndose esclavizado y obligado a seguir un ritmo de vida que sólo le deja insatisfacciones y sinsabores, pues sabe que en el fondo él no es lo que desea (quizás Beto era uno de éstos); el que se ha comprometido a seguir un tipo de vida o a cumplir un contrato y trampea a escondidas, etcétera. En general, podemos decir que la inautenticidad coacciona la libertad pues te obliga a ser lo que no eres o a querer lo que realmente no quieres, con tal de quedar bien.

El hombre, ya lo hemos dicho antes, es una unidad perfecta. Todo lo que es mentira, falsedad, inautenticidad, fingimiento, rompe esta unidad. Generalmente, la ruptura viene entre el ser y el actuar, entre el pensar y el decir, entre el decidir y el cumplir y las consecuencias son: infelicidad, insatisfacción, en definitiva, ruptura de la armonía de la personalidad.

DIEZ MINUTOS DE REFLEXIÓN

> Tenemos que tener un credo para ser comprensivos, una religión para respetar las demás religiones (CHESTERTON).
>
> ¿Tu verdad? No, la Verdad,
> y ven conmigo a buscarla.
> La tuya, guárdatela.
> (ANTONIO MACHADO, *Nuevas canciones*).
>
> Fanático es el que sostiene algo a ultranza y no altera su posición cuando se le dan razones convincentes para ello. Entusiasta es el que se asombra ante la

grandeza de los valores más relevantes y siente que, al asumirlos, se realiza plenamente como hombre.

El entusiasmo así entendido no implica apego a las propias convicciones, sino respeto a la realidad. Si sé que, al afirmar algo, estoy reflejando lo que es la realidad de la que hablo, me muevo con seguridad, con firmeza, no me dejo vencer fácilmente a no ser que se me muestre que la realidad desmiente mi opinión. Puede alguien decirme que mi postura no es progresista, ni moderna, ni liberal... Me da lo mismo. Estas palabras sólo tienen valor cuando significan que una persona se atiene a la realidad, no a sus especulaciones. (ALFONSO LÓPEZ QUINTÁS, *El amor humano*).

Por otro lado, nos toca vivir en una época en la que es muy fácil la desorientación de los criterios morales y éticos. En efecto, estamos asistiendo a una desorientación gigantesca de la conciencia, individual y social, hasta el punto de que a muchos les resulta difícil distinguir los límites de lo bueno y lo malo, lo justo y lo injusto, lo permitido y lo prohibido, lo honesto y lo deshonesto en su esfera individual, familiar, social, política, científica, filosófica y religiosa.

Por ejemplo, nunca como hoy ha sido el hombre tan sensible a su libertad, y nunca ha hecho peor uso de ella: así, por un lado, escribe una carta de los derechos humanos y, por otro, los suprime de raíz por el aborto, la eutanasia, el terrorismo, la dictadura de Estado, la manipulación de la opinión pública y las diversas formas de violencia. Por un lado proclama a los cuatro vientos la propia madurez y, por otro, adopta como pauta de comportamiento normas tan volubles como la opinión pública, el voto de la mayoría, los *slogans* de moda y los modelos culturales y sociales del momento. Su norma moral viene a ser: «todos lo hacen, luego debe ser bueno»; «lo dicen los medios de comunicación, luego es indiscutible»; «así opina el partido o la mayoría», o «así piensa Fulano de Tal, luego lo acepto incondicionalmente»; «está admitido en la Constitución de muchas naciones, luego es algo respetable», etcétera. O entiende la libertad como ausencia total de cualquier tipo de normas. Ser libre significa para muchos hombres: «hago lo que me da la gana», es decir, es un simple sinónimo de libertinaje, apoyado por el soporte ideológico de existencialismos ateos.

Por un lado, defiende a ultranza el derecho a la libre opinión y, por otro, difunde la mentira a sabiendas, más aún, elabora un arte y una técnica del engaño, bajo capa de difusión ideológica, de razón de Estado o de banderías políticas. En una palabra, nunca como hoy ha sido más bárbaramente manipulado por los ocultos persuasores en los campos comercial, ideológico, político, ético y religioso. (MARCIAL MACIEL, *La formación de la conciencia*, 13 de junio de 1980).

No es posible construir una verdadera y constante unidad mediante la constricción y la violencia. Una meta tan alta sólo se puede alcanzar construyendo sobre el fundamento de un patrimonio común de valores acogidos y compartidos, como, por ejemplo, el respeto a la dignidad del ser humano, la acogida de la vida, la defensa de los derechos del hombre, la apertura a la trascendencia y a las dimensiones del espíritu. (JUAN PABLO II, *Mensaje de preparación para la Jornada Mundial de la Juventud* en Denver, Colorado, 1993).

La caída del comunismo abre ante nosotros *un panorama retrospectivo sobre el típico modo de pensar y de actuar de la civilización moderna,* especialmente la europea, que ha dado origen al comunismo. Esta es una civilización que, junto a indudables logros en muchos campos, ha cometido también una gran cantidad de errores y de abusos contra el hombre, explotándolo de innumerables modos. Una civilización que siempre se reviste de estructuras de fuerza y de prepotencia, sea política sea cultural (especialmente con los medios de comunicación social), para imponer a la humanidad entera tales errores y abusos.

¿De qué otro modo explicar, si no, la creciente diferencia entre el rico Norte y el Sur, cada vez más pobre? ¿Quién es el responsable? El responsable es el hombre; son los hombres, las ideologías, los sistemas filosóficos. Diría que el responsable es la lucha contra Dios, la sistemática eliminación de cuanto hay de cristiano; una lucha que en gran medida domina desde hace tres siglos el pensamiento y la vida de Occidente (JUAN PABLO II, *Cruzando el umbral de la Esperanza*).

CAPÍTULO 9

SÓLO PARA COMPETICIÓN

YA TE DIJE al principio de este libro que una de mis funciones como relaciones públicas de discoteca era la de ser el responsable último de la publicidad del lugar, y que este trabajo se reducía fundamentalmente al patrocinio de un equipo de carros de rally. Una vez, dedicándome a esto, me parece que fue en el circuito del Jarama de Madrid, en el *Criterium Luis de Baviera*, donde me mostraron uno de los carros más bellos que he visto nunca, un *Lancia Stratos Rally*, una joyita. No sé por qué pero a mí siempre me han gustado mucho los autos italianos y éste me atrajo especialmente por su forma. En un momento ya estaba imaginándome agarrado a su volante por las calles de Madrid. Comenzaba a proponerle el plan al piloto. Entonces él me mostró el motor del Stratos. Un motor precioso, sencillo (esto es típico de las máquinas italianas), pero extraordinariamente potente. En varios puntos aparecía una inscripción: *soltanto per corsa, only for racing* (sólo para competición). En un segundo se desvaneció mi sueño de llevar aquel «bicho» por las calles de Madrid.

Enseguida cerraron el parque, como es habitual en los rallys, y yo pasé a mi puesto en el *pelouse*. Allí me encontré con una compañera de estudios que hacía de edecán para *Rothmans*. Me saludó muy efusivamente y me hizo compañía durante todo el tiempo que duró la prueba en el circuito. Al final me ofreció ir a su casa y tener una «aventura» con ella. Mi imaginación me pintó la escena como muy atractiva, igual que manejar el Lancia Stratos por las calles de Madrid. No sé por qué, pero enseguida algo me hizo pensar que mi corazón, el corazón del hombre, es también *soltanto per corsa, only for racing* y no puede contentarse con menos. No acepté.

Creo que el corazón del hombre está hecho para el amor auténtico, no es para manejarlo por cualquier calle. La relación sexual del hombre va más allá del simple instinto pues su corazón está hecho naturalmente para algo más, está hecho para el amor. Las «aventuras» en este campo no son lo propio del ser humano, no van con las leyes naturales de comportamiento, con lo que le ayuda a construirse, a ser mejor como hombre según lo que hemos venido diciendo. Lo propio del ser humano es el amor.

¿Y qué es el amor? Te lo explico con una escena que vi en una casa de Guadalajara, Jalisco.

Don Eugenio tenía tres amores en este mundo: su esposa Gabriela; su hija Alejandra, entonces una niña de cinco años, güerita, con bucles, y muy simpática, y las rosas. A don Eugenio le encantaban las rosas, las cultivaba, las cuidaba. Había conseguido cientos de variedades, colores llamativos y extraños, tamaños diversos, etcétera. Un día de primavera llevó a Alejandra a cortar la primera rosa del año que brotó en su jardín para regalársela a Gabriela. Él cuidadosamente cortó la flor, una bellísima rosa de color guinda oscuro, de pétalos todavía apretados que acababa de florecer junto a la puerta del garaje. La niña se la llevó a su mamá llena de alegría. Gabriela estaba de mal humor y recibió la flor con desprecio. Regañó a la niña, dio cuatro gritos y le pidió que no la molestase con sus tonterías. Alejandra regresó enseguida, todavía con la rosa en la mano, llorando, a refugiarse en los brazos de su papá.

Ponte en el papel de don Eugenio. ¿Qué harías tú ante la niña que te viene llorando? Conociéndote, seguro que irías a decirle a Gabriela que por qué se pone en ese plan o dirías a la niña que no hiciese caso, que su mamá es tonta y no sabe apreciar lo que significa la rosa o, y esto me parece más verosímil, mandarías a volar la rosa, la niña y todo lo que estuviese a tu alcance. Pues don Eugenio no hizo nada de eso, aprovechó la ocasión para dar a su hija una clase de ética. Le enseñó que tenemos que dar aunque rechacen nuestro don. Si damos es porque buscamos el bien del otro, no porque esperamos una recompensa. Por eso no debemos sentirnos mal si rechazan lo que damos. Este es el fundamento del amor. Bravo, don Eugenio, es usted un maestro de ética formidable.

Quizás estarás pensando que esto está muy bien, pero que el amor no es exclusivo del ser humano porque también hay muchos animales que dan la vida por salvar a sus crías y que, obviamente, no reciben nada a cambio. Sí, Pancho, pero no es igual, los animales no pueden amar. Actúan así por instinto, no pueden comportarse de otra manera. Cuando una mamá mandril se enfrenta a un leopardo por defender a su cría y muere en el intento, no lo hace porque haya tomado esa decisión en su interior. Simplemente no piensa y no puede hacer lo contrario, su naturaleza le obliga. Esta diferencia es mucho más clara entre la sexualidad propia del animal y el amor exclusivo de los seres espirituales. El animal no ve el sexo dentro del marco de una donación mutua de amor a otro ser y a un tercero, fruto del amor de ambos, sino como un instinto ineludible. Será capaz de matar por satisfacerlo, como los ciervos o los toros. No puede hacer otra cosa, no es capaz de actuar de otra manera.

El instinto sexual humano es muy diferente del instinto sexual de los animales. El instinto sexual humano, si es que se le puede llamar así, va siempre referido a toda la persona, no es sólo algo genital o biológico. Por eso, la sexualidad humana tiene también una fuerte dimensión interior; involucra a los pensamientos, a la voluntad, a la libertad, a los sentimientos, a los afectos, etcétera. La sexualidad abraza todos los aspectos de la persona humana, no es sólo una cuestión genital. La sexualidad toca todas las esferas de la personalidad y la genitalidad es sólo el elemento más externo de la sexualidad; no es, por tanto, ni el esencial ni el único.

El sexo en el hombre sólo se puede considerar dentro de la inseparable unión entre cuerpo y alma. El alma, que guía todo el actuar consciente y libre del hombre a través de la voluntad y de la inteligencia, tiene también dominio sobre la actividad sexual (salvo en acciones que son puramente reflejas) y, por tanto, el hombre puede dar cuenta de sus actos en este campo, es responsable de ellos. Así se demuestra que la sexualidad entra en el campo de lo ético, del discernimiento entre lo bueno y lo malo.

Pero ¿cómo influye la voluntad sobre el instinto sexual?, ¿se trata de una simple represión como dicen muchos críticos de una sana ética sexual, o como proclamaban los *slogans* de la España de 1982?

No es represión, pues no se busca anular violentamente la pasión sexual; es más correcto hablar de encauzamiento o, mejor, de unificación. La voluntad une fuerzas, no reprime.

En el hombre, el instinto sexual se presenta como una pasión y como tal, no es mala; es más bien positiva pues sirve a la especie humana para crecer en el amor, multiplicarse y perdurar en el tiempo. Sin embargo, siendo buena en sí misma, puede orientarse también hacia el mal según la voluntad, pues sólo los actos dirigidos por la voluntad pueden ser buenos o malos. Sin voluntad no hay responsabilidad porque no actúa la libertad. Por tanto, se podrá hablar de una bondad o maldad de la pasión sólo cuando ésta actúe bajo el influjo de la libre voluntad humana. Sería absurdo, por poner un ejemplo extremo, calificar de buena o mala la conducta sexual de un animal ya que en él no actúa la voluntad y sólo se somete al instinto.

La voluntad, pues, aparece dirigiendo las pasiones, unificando una serie de fuerzas paralelas a la pasión sexual que están profundamente unidas a ella: la afectividad, la emotividad, los sentimientos, el ansia de amar y ser amado que tiene todo hombre, etcétera y las orienta hacia el bien o hacia el mal, hacia el amor o hacia el egoísmo, hacia la simple búsqueda de un placer efímero o hacia la formación de una familia en la donación generosa de sí.

Se puede decir que el verdadero cauce de la sexualidad es el amor y que la forma más sublime de expresar y demostrar el amor en el hombre es la entrega total al otro, la fidelidad. Sabes que una persona te ama cuando está dispuesta a dar su vida por ti y sabes que amas a una persona cuando estás dispuesto a darle tu vida, a compartirla absoluta y fielmente con ella, cuando eres incapaz de traicionarla.

El fondo de la felicidad en la unión sexual no está, como dicen algunos sexólogos, en la satisfacción de un instinto de dominación del hombre y de un anhelo de sentirse protegida en la mujer. Según esto, la mujer sólo tendría un papel meramente pasivo en el amor. Es una interpretación que choca con la realidad. Las parejas verdaderamente felices son aquellas donde los dos son fieles delicadamente el uno al otro, donde cada uno se siente totalmente poseído y poseedor, donde mutuamente se experimenta la total donación del otro unida a la propia entrega como don absoluto por amor. Sólo así puede hablarse de unión en la pareja y sólo así puede crearse el clima de confianza y sinceridad que garantiza la felicidad mutua.

La sexualidad no es un simple derecho individual o un simple instinto que empieza y termina en el propio cuerpo. Si esto fuese así, no habría sobrevivido la especie humana. La sexualidad en sí misma está siempre ordenada al crecimiento en el amor y a la procreación responsable, que bien entendida quiere decir la procreación que no termina en traer un niño al mundo sino que se responsabiliza de él y trata de educarlo lo mejor posible en un ambiente propicio para ello. Este ambiente propicio, a pesar de todos los intentos, siempre fallidos, por buscar fórmulas nuevas, sigue siendo la familia. La sexualidad está, pues, en función de la familia y a ella debe orientarse.

Muchos dicen que el sexo es como la gastronomía y que, por tanto, no entra en el campo de la ética. Según esto, mantener relaciones sexuales sería como comerse una torta de jamón y en eso no hay nada amoral. Sin embargo, yo veo que cuando te venden un auto no te lo presentan acompañado de un platillo de pozole o de unas crepas de huitlacoche ni de unos camarones al mojo de ajo, sino de una señorita en minifalda que corre luciendo sus piernas. Tampoco he visto películas donde la escena principal consista en una pareja comiendo tacos al pastor ni revistas donde aparezcan fotografías de suculentos platillos. Si se utiliza el sexo como gancho publicitario es porque llama más la atención, porque despierta las pasiones y mueve la voluntad del hombre con una fuerza tan intensa que le afecta íntimamente y que toca hasta el fondo a toda la persona.

Otros estudiosos de la ética aceptan que no hay que separar el cuerpo y el alma del ser humano, que todo forma una unidad, pero luego dicen que el hombre debe prescindir en el acto sexual de la reproducción y utilizarlo sólo para expresar el amor porque ésa es la forma de humanizar la sexualidad. Sin embargo, si el hombre es cuerpo y alma a la vez, animal y espiritual, parece lógico que la forma de humanizar rectamente la sexualidad, será involucrando las dos dimensiones del hombre en ella, la animal y la espiritual, respetando siempre las leyes que la naturaleza ha puesto en el ser humano.

Como resumen podemos decir que, si el *fin unitivo* de la sexualidad es el crecimiento en el amor y en la mutua fidelidad, el *fin biológico o procreativo* es la generación de nuevas vidas humanas. Estos son los dos fines inseparables del matrimonio y de la sexualidad humana. Pancho, perdóname si me he extendido mucho y te he metido mucho *rollo*, pero el tema me parece muy importante y sé que te interesa. Si te queda alguna duda, pregúntamela.

DIEZ MINUTOS DE REFLEXIÓN

Uno lee las mejores revistas de medicina y se entera de que, según el director del Instituto de la Salud Pública japonés, las mujeres que recurren al uso de anticonceptivos presentan una tasa de abortos mucho mayor que el de las mujeres que no los utilizan: un 71 por 100 frente a un 23 por 100. En los países en los que está más extendido el uso de los anticonceptivos la tasa de abortos en relación a los nacimientos es más alta que en otros lugares. Si en España no llega al 10 por 100, en Dinamarca alcanza el 40 por 100, y en Suecia el 36 y en Italia el 34. El director del Instituto antes citado afirma que «el uso de los anticonceptivos favorece el aborto provocado en las personas que se proponen limitar los nacimientos».

Por lo que toca al SIDA, una autoridad mundial como el genetista francés Jerome Léjeune afirma, en un trabajo publicado en el Boletín Hispano de Human Life International (XI-XII, 1989), que el uso de preservativos no resulta eficaz, en un 10 por 100 de casos, para evitar los embarazos, y mucho menos lo es para prevenir el contagio de SIDA, debido al pequeño tamaño del virus que lo provoca. Ese contagio se debe casi siempre a relaciones sexuales irregulares. Y éstas son fomentadas por la falsa propaganda de que los anticonceptivos dan una seguridad absoluta. El profesor

Léjeune se asombra de que se oculten al pueblo los datos que ofrece hoy la ciencia y no se trate la cuestión sexual de forma completa y equilibrada, que es la única capaz de resolver los problemas planteados por ciertas formas de ejercicio de la sexualidad.

Los países pioneros en el uso de los preservativos han visto que esta medida profiláctica ha fracasado. ¿Cuál es la razón profunda de tal fracaso? Diversos estudios sociológicos y médicos dejan constancia del hecho, pero no dan razón del mismo. Nosotros deberemos hacerlo si queremos ir a la raíz del problema. Cuando se observa un mal, hay que ponerlo en relación con otros afines, y averiguar sus causas...

A lo peor, descubrimos que se están lamentando ciertos males y al mismo tiempo se fomentan las causas que los provocan. (ALFONSO LÓPEZ QUINTÁS, *El amor humano*).

En temas de sexualidad y de relación con el cuerpo, hoy la sociedad se encuentra en el mismo punto en que se encontraba hace más de cien años en el campo social. En el siglo XIX el capitalismo salvaje explotaba a los más jóvenes. En nuestro siglo, el mismo capitalismo prostituye a algunos de ellos y a otros los corrompe. Y, además, llama a esta explotación y esta corrupción «liberación». La sexualidad es regulada por el capitalismo de forma mercantilista y mueve una enorme masa de negocios. La estrategia es ésta: fundamentar la sexualidad únicamente sobre el deseo y explotarlo como fuente de beneficios. Exasperar el deseo sexual («liberarlo», como sostienen, con el apoyo de un despliegue de medios que va de los innumerables «expertos» que siguen el juego hasta el incesante bombardeo publicitario) para que los consumidores siempre pidan más. Esto lleva a desórdenes sociales, injusticias, opresiones, sufrimientos visibles o escondidos comparables sólo a los inicios de la Revolución Industrial. (Card. Lustiger, Arzobispo de París).

El típico hombre moderno prácticamente no reflexiona nunca sobre el sexo. Sueña con él, naturalmente, de día y de noche. Suspira por él, se lo imagina; el sexo lo estimula o lo deprime, lo embelesa. Pero este furor, esta tumultuosa actividad no es pensar. Embelesarse no es pensar. Ni imaginárselo, ni suspirar, ni soñar es pensar. Pensar es usar la inteligencia en conformidad con la realidad de las cosas; pensar en el sexo significa esforzarse en ver el sexo en su más íntima realidad y en la función a que está destinado.

El típico hombre moderno, si es que alguna vez piensa en el sexo, lo considera como algo de cuya posesión podemos estar bastante contentos; y todos sus problemas los ve envueltos en este único problema: el de obtener el mayor placer posible del sexo. A esto se entrega con inmoderado entusiasmo, pero con resultados muy módicos. El resultado, en realidad, no puede ser más que módico, porque su manera de proceder es un desatino.

Para usar con buenos resultados la facultad sexual debemos usarla en equilibrio con el resto de nuestras facultades, para el servicio de la personalidad integral, dentro de un orden social, en relación con la eternidad que ha de venir. Ahora bien, todo esto es un asunto demasiado complejo para dejarlo abandonado al instinto o al azar, al deseo o al humor, al ardor de la sangre o a la línea de menor resistencia. Esto exige seria reflexión.

Debemos usar la razón sobre el sexo, como sobre las demás facultades que poseemos. El instinto es excelente para los simples animales, pero nosotros no somos simples animales, somos racionales. Y el precio que pagamos por la racionalidad es que la razón es nuestro único guía seguro; ignorarla es siempre un desastre.

El instinto sexual no tiene un privilegio especial que lo exima a él solo del control de la razón. El que sea más excitante que los otros hace que tenga no menos, sino más necesidad de control. Cualquiera de los instintos, incontrolado, puede hacer imposible la vida humana, y el sexo quizá más que los otros.

... Hay una diferencia como del día a la noche entre el hombre que trata de ejercer este control, aunque solamente lo logre en parte, y el que renuncia a este esfuerzo. Todo esto tenemos que aprenderlo. (F. J. Sheed, *Sociedad y sensatez*).

Ante la manipulación de la que puede sentirse objeto mediante la droga, el sexo exasperado o la violencia, el joven no buscará métodos de acción que le lleven a la espiral de terrorismo; éste le hundiría en el mismo o mayor mal que critica y lamenta. No caerá en la inseguridad y la desmoralización, ni se refugiará en vacíos paraísos de evasión o de indiferentismo. Ni la droga, ni el alcohol, ni el sexo, ni un resignado pasivismo acrítico (...) son una respuesta frente al mal. La respuesta vuestra ha de venir desde una postura sanamente crítica; desde la lucha contra una masificación en el pensar y en el vivir que, a veces, se os trata de imponer; que se ofrece en tantas lecturas y medios de comunicación social.

¡Jóvenes! ¡Amigos! Habéis de ser vosotros mismos, sin dejaros manipular; teniendo criterios sólidos de conducta. En una palabra: con modelos de vida en los que se pueda confiar, en los que podáis reflejar toda vuestra generosa capacidad creativa, toda vuestra sed de sinceridad y mejora social, sed de valores permanentes dignos de elecciones sabias. Es el programa de lucha para superar con el bien el mal (JUAN PABLO II, *Queridísimos jóvenes*).

Capítulo 10

¿Vives para pescar?

Una vez, un filósofo caminaba a las orillas del mar. Se encontró a un pescador que estaba afanado en su trabajo. Le preguntó: «¿Para qué pescas?». El pescador contestó inmediatamente: «Pesco para ganar dinero». El filósofo insistió: «¿Y para qué ganas dinero?». El pescador respondió sin dificultad: «Para comer». El filósofo siguió su interrogatorio: «¿Y para qué comes?». La respuesta del pescador no se hizo esperar: «Para vivir, como para vivir». Aquí llegó la última pregunta del filósofo: «¿Y para qué vives?». El pescador no supo qué responder, repitió varias veces la pregunta: «que ¿para qué vivo?, ¿para qué vivo?, ¿para qué vivo?». Finalmente, con voz insegura y entrecortada, dijo: «vivo... vivo... para... para... pescar, para pescar, vivo para pescar».

Y tú, Pancho, ¿te has preguntado alguna vez para qué vives? ¿No te parece que no vale la pena vivir para «pescar», que la vida debe tener un sentido más alto?

Hay un caso que nos puede iluminar, una persona que supo dar sentido a su vida en medio de los sufrimientos más atroces. Prisionero en el campo de concentración de Auschwitz, durante la Segunda Guerra Mundial, condenado a trabajos forzados, en un frío intenso, muerto de hambre, el psicólogo Viktor Frankl hizo esa experiencia: superó una situación límite gracias a una relación de amor auténtico. En ella encontró el sentido de su vida. Su relato, que lleva por título: «Cuando todo se ha perdido», describe el momento en que era conducido a los trabajos forzados:

Mientras marchábamos a trompicones durante kilómetros, resbalando en el hielo y apoyándonos continuamente el uno en el otro, no dijimos palabra, pero ambos lo sabíamos: cada uno pensaba en su mujer. De vez en cuando yo levantaba la vista al cielo y veía diluirse las estrellas con las primeras claridades de la mañana que comenzaba a mostrarse tras una oscura franja de nubes. Pero mi mente se aferraba a la imagen de mi mujer, a quien vislumbraba con extraña precisión. La oía contestarme, la veía sonriéndome con su mirada franca y cordial. Real o no, su mirada era más luminosa que el sol del amanecer. Un pensamiento me petrificó: por primera vez en mi vida comprendí la verdad vertida en las canciones de tantos poetas y proclamada en la sabiduría definitiva de tantos pensadores. La verdad de que el amor es la meta última y más alta a que puede aspirar el hombre. Fue entonces cuando capté el significado del mayor de los secretos que la poesía, el pensamiento y el credo humanos intentan comunicar: la salvación del hombre está en el amor y a través del amor. Comprendí cómo el hombre, desposeído de todo en este mundo, todavía puede conocer la felicidad —aunque sea sólo momentáneamente— si contempla al ser querido. Cuando el hombre se encuentra en una situación de total desolación, sin poder expresarse por medio de una acción positiva, cuando su único objetivo es limitarse a soportar los sufrimientos correctamente —con dignidad— ese hombre puede, en fin, realizarse con la amorosa contemplación de la imagen del ser querido. (De la obra de Viktor Frankl: *El hombre en busca de sentido*, Herder, Barcelona, 1989, págs. 45 y 46).

Sólo el amor da sentido a la vida del hombre aun en las condiciones más duras e inhumanas. El amor *humaniza* la vida. El amor es el acto que realiza en su modo más completo la existencia de la persona. Por el amor, el hombre llega hasta lo más alto de lo que puede alcanzar, igual que por el odio el hombre se degrada hasta lo mínimo que puede llegar a ser porque en el amor entra toda la persona: su voluntad, su libertad, su inteligencia, sus sentidos, su capacidad de donación, de relación, de recepción, etcétera. Todo orientado en sentido positivo y al máximo de su potencialidad.

Sin embargo, la falta de amor auténtico (puedes consultar en el *Vocabulario ético básico,* al final de este libro, la palabra «amor») lleva a las mayores desgracias, como a Sonia. Se suicidó arrojándose desde un puente. A todos sus amigos les llegó algunos días después una carta con una poesía que ella misma había escrito. En tres versos expresaba el motivo de su suicidio:

Hoy me voy a suicidar
porque ya nadie me ama
ni yo soy capaz de amar.

Es que la vida sin amar y ser amado se hace amarga, insoportable, dura. Si el amor permite soportar los mayores sufrimientos, como nos contaba Viktor Frankl o como Tarik; por el contrario, la vida sin amor hace amargas hasta las situaciones aparentemente más favorables de la vida: riquezas, belleza, etcétera. Por eso, el egoísmo, que es cerrarse en sí mismo sin darse a los demás con amor generoso, convierte al ser humano en triste y desilusionado ante la vida.

Pancho, no sé si tú conociste a Gabi. Pues al final, después de un largo noviazgo, se casó con Alfonso; fue una boda maravillosa, todos estaban radiantes de alegría. Vivieron tres años muy felices y al cuarto año se separaron. ¿Por qué? No lo sé, no sabría decirte. Algunos decían que si él la engañaba, otros que ella. Alguno echaba la culpa a la mamá de Gabi que siempre había rechazado a Alfonso. Creo que nada de esto es verdad. El papá de Gabi me parece que dio en el clavo cuando me explicó que simplemente se habían separado porque habían dejado de amarse, se habían «desenamorado». Alfonso fue a trabajar fuera y ya casi no se veían. El amor inicial se fue enfriando. Sus mentes y sus corazones se llenaron con otras cosas. Comenzó a faltar la ternura, la donación y el interés real por el otro, la delicadeza, y cada uno se encerró en su mundillo.

Conozco muchas parejas como la de Gabi y la mayoría de los fracasos se deben siempre a lo mismo. O se casan muy a la ligera, fiándose sólo de un enamoramiento fugaz y sin pararse a pensar si su relación funciona o no. O, segundo motivo, falta amor, mejor dicho, falta genuino amor, ese amor que es más fuerte que la muerte, del que nos hablaba Viktor Frankl. Muchas parejas viven con un concepto de amor sacado de las películas de Hollywood donde todo es fantasía, juventud, sentimiento, belleza y placer. Pero todo eso pasa, se apaga, y el amor no debería pasar. En la vida hay dificultades y el amor de Hollywood no vale para superarlas. En el amor de Hollywood el otro es más un objeto de satisfacción personal que la mitad de tu vida, es más un instrumento de placer que una persona que piensa, ama, sufre, sonríe y sueña como tú. Es que eso no es el amor, eso no llena ni da sentido a la vida. Ojalá que tú no vayas por aquí.

Cuando se ama de verdad, la persona se enriquece en su personalidad, crece, y se acerca más a Dios que es el amor en persona. Como dice la escritora francesa Marthe Robin, «nuestro corazón está hecho para amar una sola cosa, nuestro gran Dios de amor. ¿A quién amaremos si no amamos al Amor?».

DIEZ MINUTOS DE REFLEXIÓN

> El éxito me ha llevado a ser idolatrado por millones de personas, pero me ha impedido tener lo único de lo que todos tenemos necesidad: el amor (Freddy Mercury, del grupo Queen, poco antes de morir víctima del SIDA).
>
> Habrá que esforzarse en sustituir el «deseo» por el amor...
>
> Desear es «tener» no teniendo todavía, y esta disyunción explica el carácter lacerante del deseo... Como la posesión, el «deseo» me hace indisponible y ataca la raíz misma del amor. El que «posee», si no purifica el lazo que lo une a sus posesiones, corre riesgo de estar

en guardia contra aquel que lo aborda; ve en él un demandante: ¿Qué vendrá a pedirme ahora? El que «desea» corre peligro de no ver a los otros sino como «obstáculos» o «medios» para el logro de sus deseos. Ni en un caso ni en otro está en disposición de amar.

Radicalmente distinto del deseo, el amor gravita en torno de una «comunión» que considera el tener como algo subordinado, excluye la «objetivación» del yo y del otro y no tiene nada que ver con el dentro y el fuera. El amor auténtico intenta unificar cosas y personas en una realidad superior —esta realidad que es en nosotros más nosotros mismos que nosotros—; de esa forma trasciende realmente la multiplicidad y nos abre a la plenitud del ser. (GABRIEL MARCEL, *Etre et Avoir*).

El que ama se asemeja a la cosa amada; el que conoce, adapta la cosa conocida a su propia manera de ser. De suerte que cuando se trata de cosas inferiores las elevamos cuando las conocemos porque les damos nuestro propio modo de ser; pero cuando amamos las cosas inferiores nos envilecemos. En cambio, cuando conocemos las cosas superiores como que las empequeñecemos para que se adapten a nuestra inteligencia; pero cuando las amamos nos elevamos hacia ellas. (LUIS MARÍA MARTÍNEZ, ex-arzobispo de México).

Grandes aguas no pueden apagar el amor,
ni los ríos anegarlo.
Si alguien ofreciera
todos los haberes de su casa por el amor,
se granjearía desprecio.
(*Cantar de los Cantares* 8,6-7)

Es evidente, por cuanto queda dicho, que la actitud de amor no es un rasgo espontáneo de la personalidad, sino adquirido, y adquirido por medio de un aprendizaje formativo bien determinado en que el elemento prevaleciente de interés es la voluntad. Por sus aspectos intrínsecamente éticos, el amor es sobre todo acto de voluntad, se ama a alguien, cuando y como se quiere. Como acto condicionado y mantenido por la convergencia de las disposiciones que explican la compleja dinámica de la voluntad (intelectuales, afectivas, culturales en sentido general), exige consiguientemente una formación adecuada a la complejidad de esta dinámica. Desde esta perspectiva se comprende que no cabe esperar una improvisada capacidad de realizar actos auténticos de amor.

Ajenos al amor son la sola pasión, el mero enamoramiento o el provecho individual. Cada uno de estos aspectos de nuestra experiencia —con mayor razón si se dan al mismo tiempo— puede explicar perfectamente el apego de un individuo a otro, pero no el amor, el cual vive el apego como entrega, es decir, por un motivo que traslada la propia satisfacción al bien de la persona amada...

Quien no es capaz de fidelidad y entrega con espíritu de amistad y fraternidad no es maduro para el amor conyugal; quien no ha llegado a ser sinceramente amigo o hermano de alguien está privado del ejercicio de las disposiciones que preparan a los compromisos del noviazgo y del matrimonio.

La plena capacidad de amar es rasgo característico de la edad adulta; el dominio de sí mismo, la autonomía de la elección, la estimación de la personalidad del otro, la valoración segura de los ideales de la vida, la capacidad de cumplir los compromisos consiguientes a una actitud oblativa y a una entrega personal, son todos los atributos que pueden alcanzar suficiente consistencia durante la fase avanzada de la juventud. (MARCELLO PERETTI).

Un espectro anda al acecho entre nosotros, y sólo unos pocos lo han visto con claridad. No se trata del viejo fantasma del comunismo o del fascismo, sino de un nuevo espectro: una sociedad completamente mecanizada, dedicada a la máxima producción y el máximo consumo materiales y dirigida por máquinas computadoras (...) El hombre mismo, bien alimentado y divertido, aunque pasivo, apagado y poco sentimental, está siendo transformado en una parte de la maquinaria total (...) Esta nueva forma de sociedad ha sido vaticinada en la literatura de ficción por Orwell en «1984» y por Aldous Huxley en «Un mundo feliz». (ERICH FROMM, *La revolución de la esperanza. Hacia una tecnología humanizada*).

CAPÍTULO 11

¡Oh, Susana!

Javi me invitó a su fiesta de cumpleaños. Llegué a las 7 de la tarde y vi la cosa ya muy animada. Me extrañó ver a Carlos bailando muy cariñosamente con una chica que yo no conocía. Muy raro, pues Carlitos jamás se separaba de Susana, había dejado hasta el paracaidismo por ella. Y tú no te puedes hacer idea de lo que era para Carlos el paracaidismo. Enseguida, Carlos me vio desde lejos y se acercó a mí; me presentó a su nueva acompañante, muy guapa y, por la primera impresión que tuve, muy complaciente (tú ya me entiendes).

Salí a la terraza para saludar a la gente. Allí me encontré con algunos amigos de siempre. Uno de ellos se me acerca en plan espía y me dice: «mira». Me señala a una esquina donde hay una chica sentada en el suelo. La veo entre la gente y me doy cuenta enseguida de que es Susana. ¡Qué extraño!

Susana lloraba entre histérica y resignada, sus pómulos estaban negros por el rímel de las pestañas, el vestido sucio y arrugado y su peinado deshecho. Me acerqué y le pregunté qué le pasaba. Ella respondió con un «nada» muy poco convincente. Después de unos minutos, se sosegó un poco y dejó de llorar. Luego, entre suspiros repitió varias veces: «no lo entiendo», «no lo entiendo», «no lo entiendo».

Cuando me iba a alejar, se me acerca Elena y me dice: «no te vayas, parece que quiere hablar, hasta ahora nadie había conseguido que dejase de llorar, venga quédate, haz tu buena acción del día». Mis amigos me llamaban desde la puerta de la sala.

Me quedé y otra vez le pregunté a Susana lo mismo de antes: «¿qué te pasa?». La verdad es que no se me ocurría nada mejor qué decir.

Ella respondió:

— No lo entiendo, yo creía que Carlos me amaba de verdad.

Yo quise continuar el diálogo porque vi que eso la tranquilizaba. En plan incauto y con muy poca convicción añadí algo como:

— No, ¿por qué dices eso?, ¿por qué dices que ya no te ama?

— Porque ayer rompimos para siempre. Me pidió que me acostase con él. Me dijo que si le amaba de verdad, le demostrase mi amor, que para él era muy importante. Le dije que no, que había otros medios de demostrarlo y que si necesitaba demostraciones y no se fiaba de mí, lo mejor sería romper nuestra relación. Se enfadó mucho y se fue.

Yo no supe qué decir. Después de un rato seguí hablando:

— Bueno, está bien, pero es inútil que te pases la tarde aquí llorando, búscate otro galán y ponte a bailar con él cerca de Carlos para que se entere del asunto. Así aprenderá que no es indispensable.

No me esperaba su respuesta:

— No puedo, yo le sigo amando de verdad.

Me entraron ganas de ir a la sala, tomar del cuello a Carlitos y darle un par de bofetadas para arreglar rápidamente las cosas, pero creo que a Susana eso tampoco le hubiera gustado.

Pasó el tiempo, siguió la fiesta, Carlitos se aburrió de su vampiresa y en menos de una hora estaba junto a Susana pidiéndole perdón y llamándose idiota, tonto, ciego, etcétera, las cosas que se dicen cuando uno es humilde y se da cuenta de haber metido las cuatro. Susana sonrió feliz y los dos se fueron. Al lado de esta historia (que es real aunque haya cambiado los nombres y los lugares), me parece que Cenicienta se queda muy corta.

Este episodio no es ciertamente una justificación para la infidelidad de Carlitos que, en contraste con la fidelidad de Susana, no queda muy bien parado. Más bien, Susana y Carlos nos enseñan lo que es el verdadero amor. El amor sabe perdonar como Susana y sabe pedir perdón y rectificar como Carlos, el amor sabe ser fiel a pesar de todo y lleva a necesitarse mutuamente.

Hoy Susana y Carlos son un matrimonio feliz con tres niños. Una familia con la que da gusto pasar una tarde porque todo es alegría, delicadeza de trato, amor y respeto mutuo.

DIEZ MINUTOS DE REFLEXIÓN

 El hombre es persona justa en virtud del hecho de que no sólo es un hombre entre otros, sino que es distinto de todos los otros, y, al serlo, se constituye en algo único y singular frente a todos los demás. Y sólo cuando el que ama considera al ser amado en su unicidad y singularidad, se convierte el amado para el amante en un tú. (VIKTOR FRANKL, *El hombre en busca de sentido*).

La autenticidad del amor posee características fundamentales que nunca podrán cambiar, mientras no cambie el ser humano con sus componentes físicos y espirituales. Es preciso, pues, tener el coraje de repetir que el quedar prendado por un aspecto transeúnte o por una cualidad parcial no es amor; que la sola atracción sexual no es amor; que la búsqueda de una evasión o de un acomodo no es amor; que la tendencia a convertir a los demás en instrumentos y avasallarlos no puede coexistir con el amor, como no es amor recibir sin dar, alegar derechos, sin reconocer que no los hay más que junto con deberes, amar mientras todo resulta agradable, mientras sólo hay ventajas, mientras venga en gana. (M. PERETTI, *La educación sexual como educación para el amor*).

Si os separáis del amigo, no os entristezcáis; porque lo que más amáis en él puede resplandecer mejor en su ausencia, como una montaña aparece al escalador con más claridad desde la llanura. No haya en la amistad otro propósito que la profundización del espíritu. Porque el amor que busca algo que no sea la revelación de su propio misterio no es amor sino una red lanzada al azar: y sólo recoge lo que es vano. Y sea para vuestro amigo la parte mejor de vosotros mismos. Si él tendrá que conocer el reflujo de vuestra marea, haced que conozca también el flujo. Pues ¿qué clase de amigo es aquel que debéis buscar en las horas en que se mata? Buscadlo siempre en las horas en que se vive. Porque a él le toca colmar vuestras necesidades, pero no vuestro vacío. (Gibrán, *El profeta*).

Hay que preparar a los jóvenes para el matrimonio, hay que enseñarles el amor. El amor no es cosa que se aprenda, ¡y sin embargo no hay nada que sea más necesario enseñar! (...)

Porque el amor es hermoso. Los jóvenes, en el fondo, buscan siempre la belleza del amor, quieren que su amor sea bello. Si ceden a las debilidades, imitando modelos de comportamiento que bien pueden calificarse como «un escándalo del mundo contemporáneo» (y son modelos desgraciadamente muy difundidos), en lo profundo del corazón desean un amor hermoso y puro. Esto es válido tanto para los chicos como para las chicas. En definitiva, saben que nadie puede concederles un amor así, fuera de Dios. Y, por tanto, están dispuestos a seguir a Cristo, sin mirar los sacrificios que eso pueda comportar (Juan Pablo II, *Cruzando el umbral de la Esperanza*).

CAPÍTULO 12

APARECE EL JEFE

AHORA QUIERO hacerte partícipe de una de las reflexiones que más sentido han dado a mi vida. Vamos a hablar del Jefe. Creo que nunca antes he hablado a fondo contigo sobre este tema. No te preocupes, que no me voy a echar un sermón. Simplemente quiero hacerte partícipe de algunos razonamientos que me he hecho en mi vida. No te saltes este capítulo, te considero lo suficientemente inteligente e independiente como para escucharme con apertura. No te vas a arrepentir, Pancho.

Recuerdo que un día, cuando yo estaba en preparatoria, antes de comenzar la clase, tuve una discusión muy curiosa con un compañero sobre cómo era Dios. Él se acercó solemnemente al pizarrón, pintó un círculo casi perfecto y me dijo con gran convicción: «Este círculo somos nosotros, la tierra y el mundo que vemos. Todo lo que está fuera del círculo es Dios».

Aquella respuesta se me hizo entonces bastante ridícula, y todavía hoy sigo pensando que es una cosa absurda, pero me dio pie para comenzar a plantearme con seriedad el papel de Dios en mi vida. Entonces me parecía que Dios no podía ser algo indeterminado, etéreo, como el espacio de pizarrón que quedaba fuera del círculo de mi amigo, sino un ser con una personalidad, una persona (divina ¡claro!, no humana), que amase y pensase, que tuviese una relación cercana conmigo, con un peso y una presencia real en mi vida.

Enseguida me surgió el primer problema: si Dios es alguien cercano, ¿por qué, entonces, no puedo verlo, oírlo, gustarlo, tocarlo, olerlo? Reconozco que tardé en encontrar la respuesta, pero hoy me parece muy clara: Dios es cercano, pero es espíritu puro, no tiene materia. Nosotros sólo podemos ver, tocar, oler, oír, gustar, lo material, lo que está en el espacio y el tiempo; y Dios es eterno y está en todas partes, está por encima del espacio y del tiempo y, por tanto, supera nuestra capacidad de percepción sensorial, no podemos verlo ni tocarlo.

Hay otro problema que yo también me planteé: ¿Y todo lo que veo de dónde viene? ¿Puede ser razonable que Dios haya creado el mundo y todas las cosas?

La verdad es que me cuesta mucho creer que todo lo que veo se ha formado por azar, que el hombre haya surgido del chango por casualidad y que todas las maravillosas leyes y mecanismos del universo sean un simple capricho del destino. Me identifico mucho con aquel filósofo que charlando con un ateo que no creía en la existencia de Dios, le puso este ejemplo:

— Hoy hemos encontrado una bicicleta nueva junto al río, cerca de mi casa. Se había formado por casualidad.

— ¿Ah, sí?

— Sí, ya sabes que el río arrastra materiales ¿verdad? Trae basura, trozos de metal, llantas, etcétera. Bueno, pues se fueron juntando y se formó la bicicleta, ¿qué te parece?

— ¡Imposible!

— O sea, que te parece imposible que una bicicleta se forme por azar y sin embargo aceptas que todo lo que te rodea es fruto de la casualidad. ¿No ves una contradicción? ¿No te parece más inteligente aceptar que hay un ser espiritual superior, Espíritu Puro, Autor de todas estas maravillas, con una inteligencia, una voluntad y un corazón (si se puede llamar así) prodigiosos? Pues ése es Dios.

Creo que con esta conversación se le aclararon muchas cosas al interlocutor del filósofo. A mí, por lo menos, me ha servido mucho, pero aún queda otro problema: ¿por qué ha creado Dios las cosas? Si Él es un Espíritu Puro, un ser perfecto, no las necesitaba para nada.

Creo que sólo hay una razón: Dios creó el mundo y todas las cosas *por amor*, porque quería hacer que participaran de su bondad.

Si antes hemos dicho que el centro de la vida ética del hombre es el amor, ahora descubrimos que Dios es el Amor porque esa es la única fuerza que le mueve. Todo lo que ha hecho, todo lo que hace, lo hace por amor.

Pero no todo se acaba aquí, Pancho. Hay todavía otro problema y creo que éste es el más serio: ¿qué pinta Dios en mi vida personal?

A la hora de considerar tu vida conviene reflexionar con seriedad de dónde te viene y a dónde vas con ella. Ciertamente, hay una cosa clara: tú no te la has dado a ti mismo ni has hecho nada para conseguirla. Por otro lado, sabes que no te va a durar para siempre, que todos los hombres mueren y que a ti también te va a llegar la hora y no vas a poder hacer nada eficaz para prolongarla indefinidamente.

Tú eres cuerpo, pero eres también espíritu (puedes ver la palabra *hombre* en el *Vocabulario ético básico* que está al final del libro). El alma, tu voluntad, tu libertad, tu capacidad de razonar, no te viene sólo de tus papás, de la transmisión genética porque tu alma no es material (por eso tampoco la puedes ver), es espíritu, y la biología no puede producir espíritus. Tú tienes un alma, sede de tu conciencia, que te permite darte cuenta de lo que haces, de lo que debes hacer. Tu alma: inteligencia y voluntad libre, te da también la capacidad de tomar decisiones, de abstraer conceptos separándote del mundo sensible y así, por ejemplo, puedes decir la palabra «mesa» sin referirte a una mesa concreta, el alma te hace posible prever el futuro, recordar el pasado, comunicarte y no sólo comunicar instintos, peligros, etcétera. ¿Y por qué se dan todas estas operaciones? Muy sencillo, por lo que te dije antes, porque el alma no es material. Es espiritual y por ser espíritu no puede morir. Los espíritus no mueren, sólo los cuerpos.

Si el alma no viene por herencia genética, ¿de dónde viene? Y si no muere, ¿qué le pasa? ¿A dónde o con quién va? Aquí aparece de nuevo el Jefe.

Dios ha creado los seres espirituales. Sólo Él podía hacerlo, también ha creado tu alma; te ha creado a ti. Y ante ese Dios que nos creó por amor, presentaremos nuestro espíritu después de que mueran nuestros cuerpos. Tendremos que dar cuentas de cómo hemos empleado la vida que Él nos donó y ahí no habrá *mordidas*. Ya lo decía San Juan de la Cruz: *Al atardecer de la vida seremos examinados sobre el amor*.

Muchas veces Dios se parece a Susana, le olvidamos

en nuestra vida, nos preocupamos por otras cosas y, sin embargo, él sigue fiel esperándonos. ¿En esos momentos tú reaccionas como Carlos?

DIEZ MINUTOS DE REFLEXIÓN

Me parece cosa terrible el que pueda un hombre presentarse ante Dios y ofrecerle, como fruto de 80 años de vida, lo que pudo tal vez realizar en sólo 20 ó 40. ¿Qué explicaciones podrá dar? ¿Qué hizo con los restantes años? Pasar por la vida como pasan las nubes por el cielo un día de vendaval; o lo que sería peor, vegetar y vagar, buscando sólo satisfacer sus apetitos. (MARCIAL MACIEL, *Tiempo y eternidad*).

Dios no es una persona ajena a nosotros o alejada del universo. Él penetra cada cosa y es omnisciente, como también omnipotente. No necesita alabanzas o súplicas. Siendo inmanente a todas las cosas, oye todo y lee nuestros más recónditos pensamientos. Vive en nuestros corazones y está más cerca de nosotros que las uñas de los dedos. (GHANDI, *Ashram Observances in Action*, 1959).

CAPÍTULO 13

EL MEJOR MAESTRO DE ÉTICA

PANCHO, AHORA vamos a contemplar un poco cómo funciona el hombre de hoy; puedes fijarte en nuestros amigos si quieres un buen punto de referencia. Creo que sí nos servirá. Luego sacaremos las conclusiones.

A ver qué te parece este diagnóstico rápido para empezar. Luego lo profundizaremos más:

Los hombres y las mujeres de hoy actúan movidos por modelos de comportamiento. Cientos de jóvenes quieren imitar a los grandes astros del deporte, del cine, de la música; los mayores también tienen sus modelos. Se imita a los grandes personajes en sus formas de vestir, en sus ideales de vida, en su forma de conducirse socialmente, en sus gustos, etcétera. Cuántas niñas hacen grandes esfuerzos por conseguir un «look» parecido al de la protagonista de la última telenovela y cuántos de los amigos que conocemos buscan vestirse igual que el último «play boy», cantante o actor de cine que llena las portadas de las revistas. Cuántos hacen grandes sacrificios para alcanzar la musculatura de *Silvester Stallone* o cuántas (y tú conoces a más de una) se torturan para conseguir el «tipo» de la modelo más cotizada, cuántos pasan horas en los gimnasios copiando la forma de jugar tenis de André Agassi o se rapan y se dejan la barba de candado para parecerse a él. Se podrían dar miles de ejemplos para concluir afirmando que el hombre actúa según modelos y que muchas veces, en esta tarea de imitación, invierte esfuerzos que están muy por encima de sus posibilidades.

Sin embargo, y tú dime si no es verdad, cuando a alguien se le propone que imite a Cristo la respuesta suele ser: «es muy difícil porque Él es Dios». Y, realmente, no es tan difícil.

Copiar la voz de *Julio Iglesias* y triunfar como él queda reservado a muy pocos; imitar la forma de actuar de *Kevin Costner, Mell Gibson, Harrison Ford* o de *Robert De Niro* está al alcance de una mínima parte de la población mundial; tener el «tipo» de la «top model» de moda es algo dificilísimo, si no impensable, para un gran porcentaje de mujeres y si lo que se busca es mantenerlo por algunos años, las cifras caen todavía mucho más. Sin embargo, imitar a Jesucristo está al alcance de todo el mundo, en cualquier momento y lugar, y es mucho más sencillo. Todo está bien descrito en el Evangelio, son virtudes muy sencillas: humildad, sinceridad, amor, mansedumbre, limpieza de corazón, vida interior... Pueden resultar costosas para el hombre con su naturaleza caída fruto del pecado original, pero los frutos que produce en cada persona son mucho mayores: la felicidad en esta vida y la vida eterna.

Jesucristo sigue siendo hoy el mejor modelo de ética pues es el hombre perfecto. Por eso su personalidad sigue atrayendo a tanta gente que busca imitarlo. Además, ese modelo perfecto es Dios y como tal actúa en el interior del hombre suscitando el deseo continuo de superación, dando fuerzas, animando.

Creo que se puede decir que el Evangelio es, además de otras cosas, el mejor tratado de ética individual y social que se ha escrito. Presenta una novedad absoluta respecto a las demás culturas y a las demás formas de concebir lo que debe ser el comportamiento del hombre sobre la tierra. Se basa en el amor, que como hemos visto, es lo que más humaniza al hombre, lo único que es capaz de dar sentido a su vida aun en medio de las situaciones más difíciles. El centro del mensaje ético que nos deja Jesucristo es precisamente ése: amar a Dios sobre todas las cosas y al prójimo como a uno mismo. Junto a este precepto, hay una riquísima enseñanza ética insospechada para el hombre, a veces muy contraria a los instintos humanos tocados por las tendencias al pecado: perdonar sin guardar la amargura del rencor y el deseo de venganza, respetar a los demás considerándolos hermanos y no rivales, saber usar de las cosas sin que ellas se adueñen de nosotros, etcétera.

Este ideal de vida que nos presenta el Evangelio, esta imitación de Cristo, no significa construir en poco tiempo una vida sin defectos, creo que más bien debe ser un trabajo constante que parte desde la propia personalidad de cada uno pero que va encauzando todo eficazmente hacia el amor a Dios y a los hombres.

La imitación de Cristo no es tampoco un asunto personal entre Dios y cada hombre, sino que debe hacerse presente especialmente en la relación con los demás.

La imitación de Jesucristo debe realizarse en el mundo, en la vida de todos los días. No siempre será fácil descubrir lo que Cristo haría en las diversas situaciones que se presentan en la vida de los hombres a través de los siglos y en todos los lugares del mundo, pero Cristo no es sólo modelo, es amigo cercano, es autor verdadero de la santidad, que actúa eficazmente por la gracia desde el interior del hombre que se presta a su acción.

DIEZ MINUTOS DE REFLEXIÓN

«Pero lo que para mí fue ganancia, lo he juzgado una pérdida a causa de Cristo. Y más aún: juzgo que todo es pérdida ante la sublimidad del conocimiento de Cristo Jesús, mi Señor, por quien perdí todas las cosas, y las tengo por basura para ganar a Cristo, y ser hallado en él, no con la justicia mía, la que viene de la Ley, sino la que viene por la fe de Cristo, la justicia que viene de Dios, apoyada en la fe, y conocerle a él, el poder de su resurrección y la comunión en sus padecimientos hasta hacerme semejante a él en su muerte, tratando de llegar a la resurrección de entre los muertos». (*Filipenses* 3,7-11) (...).

Sin embargo, ante la actual evolución del mundo, son cada día más numerosos los que se plantean o los que acometen con nueva penetración las cuestiones más fundamentales: ¿Qué es el hombre? ¿Cuál es el sentido del dolor, del mal, de la muerte, que, a pesar de tantos progresos hechos, subsisten todavía? ¿Qué valor tienen las victorias logradas a tan caro precio? ¿Qué puede dar el hombre a la sociedad? ¿Qué puede esperar de ella? ¿Qué hay después de esta vida temporal? (...).

En realidad, el misterio del hombre sólo se esclarece en el misterio del Verbo Encarnado. Porque Adán, el primer hombre, era figura del que había de venir, es decir, Cristo nuestro Señor, Cristo, el nuevo Adán, en la misma revelación del misterio del Padre y de su amor, manifiesta plenamente el hombre al propio hombre y le descubre la sublimidad de su vocación. Nada extraño, pues, que todas las verdades hasta aquí expuestas encuentren en Cristo su fuente y su corona.

El que es imagen de Dios invisible (Col. 1,15) es también el hombre perfecto, que ha devuelto a la descendencia de Adán la semejanza divina, deformada por el primer pecado. En él, la naturaleza humana asumida, no absorbida, ha sido elevada también en nosotros a dignidad sin igual.

El Hijo de Dios con su encarnación se ha unido, en cierto modo, con todo hombre. Trabajó con manos de hombre, pensó con inteligencia de hombre, obró con voluntad de hombre, amó con corazón de hombre. Nacido de la Virgen María, se hizo verdaderamente uno de los nuestros, semejantes en todo a nosotros, excepto en el pecado.

Cordero inocente, con la entrega libérrima de su sangre nos mereció la vida. En Él, Dios nos reconcilió consigo y con nosotros mismos y nos liberó de la esclavitud del diablo y del pecado, por lo que cualquiera de nosotros puede decir con el Apóstol: el Hijo de Dios me amó y se entregó a sí mismo por mí (Gal. 2,20).

Padeciendo por nosotros, nos dio ejemplo para seguir sus pasos y, además abrió el camino, con cuyo seguimiento la vida y la muerte se santifican y adquieren nuevo sentido.

> El hombre cristiano, conformado con la imagen del Hijo, que es el Primogénito entre muchos hermanos, recibe las primicias del Espíritu (Rom. 8,23), las cuales le capacitan para cumplir la ley nueva del amor. Por medio de este Espíritu, que es prenda de la herencia (Eph. 1,14), se restaura internamente todo el hombre hasta que llegue la redención del cuerpo (Rom. 8,23).
> Éste es el gran misterio del hombre que la Revelación cristiana esclarece a los fieles. Por Cristo y en Cristo se ilumina el enigma del dolor y de la muerte, que fuera del Evangelio nos envuelve en absoluta oscuridad. Cristo resucitó; con su muerte destruyó la muerte y nos dio la vida, para que, hijos en el Hijo, clamemos en el Espíritu: Abba!, ¡Padre! (CONCILIO VATICANO II, extractos de los nn. 10 y 22 de la *Gaudium et Spes*).

Es necesario que el hombre de hoy se dirija nuevamente a Cristo para obtener de él la respuesta sobre lo que es bueno y lo que es malo. Él es el Maestro, el Resucitado que tiene en sí mismo la vida y que está siempre presente en su Iglesia y en el mundo. Es él quien desvela a los fieles el libro de las Escrituras y, revelando plenamente la voluntad del Padre, enseña la verdad sobre el obrar moral. Fuente y culmen de la economía de la salvación, Alfa y Omega de la historia humana (Cf. Apocalipsis 1,8; 21,6; 22,13), Cristo revela la condición del hombre y su vocación integral. Por esto, «el hombre que quiere comprenderse hasta el fondo a sí mismo —y no sólo según pautas y medidas de su propio ser, que son inmediatas, parciales, a veces superficiales e incluso aparentes—, debe, con su inquietud, incertidumbre e incluso con su debilidad y pecaminosidad, con su vida y con su muerte, acercarse a Cristo. Debe, por decirlo así, entrar en él con todo su ser, debe apropiarse y asimilar toda la realidad de la Encarnación y de la Redención para encontrarse a sí mismo. Si se realiza en él este hondo proceso, entonces da frutos no sólo de adoración a Dios, sino también de profunda maravilla de sí mismo» (JUAN PABLO II, encíclica *Veritatis Splendor*, n. 8).

CAPÍTULO 14

EL SECRETO DE MICHAEL JORDAN

¿TE ACUERDAS todavía de Mónica y de Nacho, los de la discoteca? Aquéllos no eran felices porque habían basado su felicidad en realidades materiales que no podían dar sentido a sus vidas. Sabían que tenían que cambiar y no daban el paso, se sentían incapaces. Pero la «película» no puede acabar mal, ¿Nacho y Mónica no tienen una posibilidad para superarse a sí mismos? Pues es difícil, pero yo creo que sí pueden. La clave la tiene *Michael Jordan*.

Seguramente tú también has visto un comercial de cereales que comienza con una escena donde aparece un niño negro desconsolado en una cancha de basket en *Harlem*. Está triste porque no ha sido seleccionado para el equipo de basketball de su colegio. De pronto aparece Michael Jordan, pero el muchacho al inicio no lo reconoce. El jugador de los *Chicago Bulls* comienza a tirar a canasta, a hacer sus entradas maravillosas volando sobre el aro, a encestar machacando, a colar tiros de tres puntos y el muchacho exclama: ¡Mike! Comienzan a platicar y el niño le expone su historia. Jordan le cuenta cómo superó él la selección para entrar en el equipo de su universidad; después le confía su secreto: «antes de competir con los demás debes aprender a competir contigo mismo».

Es lo mismo que hizo un viejo amigo nuestro: «El Piedras», pero con un sentido, con los pies en el suelo. ¿Tú estás dispuesto a superarte, a competir contigo mismo?

Muchas veces los hombres achacan su falta de felicidad al destino, a la sociedad, a las estructuras, etcétera. En algunos casos puede ser verdad. Ahí está el ejemplo de «El Rata». Pero la mayoría de los hombres que se consideran infelices en este mundo pueden cambiar fácilmente su situación poniendo algo de su parte. No hay que partir echando la culpa a los que nos rodean sino examinando en primer lugar qué podemos hacer, hay que empezar compitiendo con nosotros mismos. No olvides que tú eres lo que haces de ti mismo.

El primer paso es saber con qué armas cuentas para competir y contra qué enemigos tienes que hacerlo. Ya hemos dicho antes que la tendencia natural del hombre es ir buscando siempre lo fácil, lo cómodo, y que no siempre es esto lo que hace feliz al hombre. Competir contigo mismo es buscar ser auténticamente tú mismo, es luchar tú contra ti para ser más tú. Vaya juego de palabras. Tranquilo, que me voy a explicar mejor.

Tú tienes una personalidad propia, un modo de ser. Cada uno tiene el suyo, unos son activos, otros pasivos; unos primarios, otros cerebrales; unos son emotivos, otros fríos. Los hay apáticos, extrovertidos, sentimentales, nerviosos, sanguíneos, tímidos, pesimistas, inseguros, simpáticos, coléricos, etcétera. Cada uno tiene su temperamento y casi nadie quiere tener el que de hecho tiene. Unos quieren ser más tranquilos, otros más acelerados, otros quieren tener algo de sentimientos, otros buscan la forma de incrementar su capacidad intelectual. Estas son las conquistas del tú contra ti, en esto consiste la formación de la personalidad madura. Cada uno tiene, por decirlo así, una tendencia dominante que le marca. Hay que conocerla, el primer paso es *conocerse*. Después viene *aceptarse*, que no es ninguna tontería. Consiste en partir de lo que uno es con realismo. Sólo así pueden ponerse los medios concretos para *superarse*, para formarse. Sería absurdo que un niño de 13 años y 40 kilos de peso pretendiera desafiar a *Mike Tyson* en un combate de box, o que nuestro amigo Jorge, con sus 120 kilos y su metro setenta se pusiera a practicar el ballet clásico. Esto es aceptarse.

El tercer paso, como te decía, es superarse; es decir, tender siempre a ser mejor, a crecer como hombre, cada día, en cada situación que se te presente. Luego, en el siguiente capítulo, bajaremos a las recetas más concretas.

DIEZ MINUTOS DE REFLEXIÓN

> *Potentissimus est qui se habet in potestate* (el más poderoso es el que se domina a sí mismo) (SÉNECA, *Epístola 90*).
>
> Sin embargo, debe quedar bien claro que en el hombre no cabe hablar de eso que suele llamarse impulso moral o impulso religioso, interpretado de manera idéntica a cuando decimos que los seres humanos están determinados por los instintos básicos. Nunca el hombre se ve impulsado a una conducta moral; en ca-

da caso concreto decide actuar moralmente. Y el hombre no actúa así para satisfacer un impulso moral y tener una buena conciencia; lo hace movido por una causa con la que se identifica, o por la persona que ama, o por la gloria de Dios. Si obra para tranquilizar su conciencia será un fariseo y dejará de ser una persona verdaderamente moral. Creo que hasta los mismos santos no se preocupan de otra cosa que no sea servir a su Dios y dudo siquiera de que piensen ser santos. Si así fuera, serían perfeccionistas, pero no santos. Cierto que, como reza el dicho alemán, una buena conciencia es la mejor almohada; pero la verdadera moralidad es algo más que un somnífero o un tranquilizante (VIKTOR E. FRANKL, *El hombre en busca de sentido*).

La libertad del hombre, modelada según la de Dios, no sólo no es negada por su obediencia a la ley divina, sino que solamente mediante esta obediencia permanece en la verdad y es conforme a la dignidad del hombre, como dice claramente el Concilio: «La dignidad del hombre requiere, en efecto, que actúe según una elección consciente y libre, es decir, movido e inducido personalmente desde dentro y no bajo la presión de un ciego impulso interior o de la mera coacción externa. El hombre logra esta dignidad cuando, liberándose de toda esclavitud de las pasiones, persigue su fin en la libre elección del bien y se procura con eficacia y habilidad los medios adecuados para ello». El hombre, en su tender hacia Dios —«el único Bueno»—, debe hacer libremente el bien y evitar el mal. Pero para esto el hombre debe poder distinguir el bien del mal. Y esto sucede, ante todo, gracias a la luz de la razón natural, reflejo en el hombre del esplendor del rostro de Dios. (JUAN PABLO II, *Veritatis Splendor*, No. 42)

CAPÍTULO 15

EN LA CUMBRE DEL EVEREST

EN LOS ÚLTIMOS DÍAS de mayo de 1980, dos escaladores se encontraban a setenta metros de la cumbre del *Everest* en la arista sur: Peter Habeler y Reinhold Messner estaban a punto de culminar la primera ascensión a la cumbre más alta del mundo sin usar oxígeno auxiliar. Tenían que darse prisa porque se acercaba el terrible monzón. Habían superado una tormenta fuerte que los alcanzó en la pared del *Lotshe*, habían atravesado el terrible *Serac del Kumbu* y habían pasado mil peripecias desde el día en que decidieron comenzar esta fabulosa aventura. Hicieron noche a 70 metros de la cima en un vivac, desayunaron un poco y se prepararon a dar el último esfuerzo en la conquista de aquella cumbre que aparecía brillante y majestuosa con el sol de la mañana. Messner no se encontraba muy bien. Sentía fuertemente la falta de oxígeno, le dolían las venas y le costaba muchísimo respirar. Sentía dolores de cabeza y un estado de debilidad muy fuerte. Peter no estaba mucho mejor, pero lo ocultaba. Hablaron por radio con el campamento base. Les dieron la noticia de que acababan de llegar unas chicas suizas amigas de Reinhold. Esto fue la gota que derramó el vaso, Messner no estaba dispuesto a subir. Se lo dijo secamente a Peter: «no voy a seguir, sube tú si puedes». Peter Habeler comenzó a hablarle, a hacerle reflexionar sobre todos los esfuerzos por los que habían pasado juntos, le hizo ver que habían superado circunstancias peores, pero fue inútil. Messner no quería subir. Peter comenzaba a desesperarse. Al final se le ocurrió una idea, le dijo tranquilamente a Messner: «no vamos a escalar la cima, sólo vamos a dar un paso». A Reinhold le pareció razonable, aceptó, y lo dieron. Avanzaron. Después, se detuvieron un largo rato a recuperar fuerzas. A aquella altura y sin oxígeno auxiliar, cada paso se convertía en un esfuerzo agotador. Pasó un rato, Peter le propuso a Reinhold dar otro paso. Lo dieron. Otra vez se detuvieron un buen rato a reponer fuerzas. Después otro paso y otro y otro con sus correspondientes descansos. En cada nuevo paso sentían con mayor intensidad la falta de fuerzas, jadeaban horriblemente, pero avanzaban. Después de 12 horas llegaron a la cumbre. Comenzaron a saltar de alegría olvidando la pesadez de los últimos pasos. Había valido la pena; por primera vez un hombre llegaba a la cima de la montaña más alta del mundo sin usar oxígeno auxiliar.

Messner y Habeler me sirven para demostrarte que muchas veces el hombre se autolimita y se cree impotente para superar obstáculos que están al alcance de la mano con un poco de trabajo. Conozco hombres que han hecho todo tipo de esfuerzos para dejar la droga, el alcohol u otros vicios, han luchado y lo han conseguido, y un buen día, porque se dejan llevar de un estado anímico negativo, sucumben ante un pequeño obstáculo que en condiciones normales les habría parecido ridículo. He visto otros con grandes planes y proyectos ambiciosos, bien pensados, con la capacidad para llevarlos a cabo, pero que tienen un bajo concepto de sí mismos y se creen incapaces de convertirlos en realidad. Conocí a un muchacho que soñaba con ser ingeniero naval, tenía un promedio altísimo en sus estudios, trabajador y muy inteligente; dejó los estudios y se hizo marino mercante porque, según él, era incapaz. El hombre, cada hombre, tiene un gran proyecto en la vida: realizarse como hombre y ser feliz. Muchos desisten, creen que está por encima de sus posibilidades, se menosprecian o huyen del esfuerzo antes de poder constatar las grandes satisfacciones que conlleva el trabajo de vivir construyéndose éticamente como hombre. Se dejan arrastrar por la vida fácil, por los placeres, por lo inmediato, por el ambiente. No son capaces de dar ni un paso. Por eso no llegan nunca a construirse como hombres, a realizarse, a llevar una vida digna de lo que son: personas humanas dotadas de espíritu, de voluntad y libertad.

Sé muy bien que la mayoría de los modelos de vida que presenta el mundo de hoy son vacíos, huecos, inconsistentes. Se apoyan más en la fantasía que en la realidad y sus frutos son desilusión, hastío, vaciedad. Sin embargo, todo lo que hemos ido reflexionando en este libro, el proyecto del amor, de la donación desinteresada a los demás, de la búsqueda de la verdad, de las convicciones sólidas, de construirse como ser humano y no vivir a la deriva, no parece de moda. Y sin embargo es el único que puede llenar al hombre, pregúntaselo a Mónica, a Nacho, a «El Piedras», a Tarik o a «El Rata».

El ser humano es libre a la fuerza, no puede prescindir de su libertad pero sí puede hacer mal uso de ella. Por ello, si quieres usar rectamente tu libertad, debe ser en el marco de una opción sublime por lo más grande, algo que sea capaz de poner en marcha tu voluntad, de motivarla y lanzarla a buscar la identificación de todo tu ser con ese ideal.

Pancho, creo que ya sé cuál es tu pregunta ahora: «todo esto es un poco vago, ¿cómo se puede aplicar esto, cómo se puede llevar a la práctica esa identificación con un ideal en la propia vida?» La respuesta es muy sencilla: siguiendo el ejemplo de Messner y Habeler, *paso a paso*:

1º. El primer paso es reflexionar sobre lo que quieres conseguir y sobre el real deseo que tienes de alcanzarlo. Después, tomar la decisión de conseguirlo.

2º. Una vez cumplido este paso hay que reforzar esta opción apoyado en el amor: hacer que lo que te has propuesto sea de verdad algo que tú quieres y amas. Conviene que reflexiones que aquí no estás optando por algo trivial. Generalmente, nuestras acciones de todos los días son tangibles, inmediatas, decidimos el color del carro, la carrera que vas a estudiar, los muebles que vas a comprar para la cocina, la marca del pantalón o el menú del domingo. Aquí hay que hacer una opción cuyos resultados no se van a ver inmediatamente, no puedes decir que en diez años ya lo conseguiste. Se trata de vivir dirigido por el amor prescindiendo al mismo tiempo de todo lo que vicia este proyecto: egoísmo, búsqueda del placer como único fin, etcétera.

3º. Aceptar el reto e iniciar el trabajo desde ahora. Trabajar duro por poner en práctica esta opción en cada segundo de tu vida. Se trata de hacer realidad en la vida de todos los días, en el trabajo cotidiano, la decisión tomada. No es reservar una hora para construirte como hombre, sino convertir la vida de cada día en trabajo por crecer en lo que te distingue como hombre, en el amor. Esta meta debe estar presente como intención, como propósito, en cada segundo del día. El trabajo más humilde, más oculto, más sacrificado o el más aparatoso, el más vistoso, el mejor retribuido, pueden servirte para alcanzar tu fin, todo depende de tus actitudes interiores.

Te ayudará mucho que cada día renueves las motivaciones, el entusiasmo. La clave está en vivir los detalles pequeños con intensidad, esta es la clave para mantenerse en el amor. Igual que en la vida conyugal los detalles indican el amor, la preferencia por el otro, también en tu proyecto de construirte como hombre y ayudar a construir un mundo mejor, los detalles reflejan el amor; el preferir no discutir, el ser servicial cuando cuesta, el escuchar al otro. En cada acto renueva la intención: y proponte cada día metas concretas, puntos a los que dediques especial atención.

4º. Nunca dudar. No es tratar de no tener dudas, sino escapar de ellas como el que huye de una piedra que le cae encima, de buscar rápidamente las soluciones a los problemas, sin lamentarse, sin esperar a ver qué pasa. Significa salir airoso ante todas las dificultades que puedan venirte, especialmente cuando parecen mayores que las propias capacidades. Significa no cuestionarte nunca en momentos de dificultad sobre lo que viste claro al tomar tus opciones fundamentales simplemente por ceder a lo más fácil. Acuérdate del ejemplo de Messner y de los otros que te ponía arriba.

El trabajar con constancia no significa trabajar sin derrotas pero sí sin derrotismos: ¡Qué los fracasos nunca te hagan dudar!, siempre dispuesto a construir sobre las ruinas, a volver a empezar.

5º. El último paso y el primero es *dar*. Sólo cuando en tu vida prevalece el dar, el darte a los demás, se puede hablar de una perfecta asimilación de los principios fundamentales de la ética: del respeto y del amor, de la centralidad de Dios en la vida, del interés por buscar la verdad, etcétera.

No olvides que nadie puede dar lo que no tiene; si quieres transmitir amor, si quieres crear en torno a ti la civilización del amor, hay que comenzar haciendo que el amor reine de verdad en ti.

DIEZ MINUTOS DE REFLEXIÓN

> *The only easy day is yesterday (el único día fácil de vivir es ayer)* (lema de los *Marines* de Estados Unidos).
>
> Ve plácidamente entre el ruido y la prisa. Recuerda que la paz puede estar en el silencio. Sin renunciar a ti mismo, esfuérzate por ser amigo de todos. Di tu verdad, quietamente, claramente. Escucha a los otros, aunque sean torpes e ignorantes; cada uno de ellos tiene también una vida que contar. Evita a los ruidosos y agresivos, porque ellos denigran el espíritu. Si te comparas con los otros puedes convertirte en un hombre vano y amargado; siempre habrá cerca de ti alguien mejor o peor que tú. Alégrate tanto de tus realizaciones como de tus proyectos.

Ama tu trabajo, aunque sea humilde es el tesoro de tu vida. Sé prudente en los negocios, porque en el mundo abunda la gente sin escrúpulos. Pero que esta convicción no te impida reconocer la virtud; hay muchas personas que luchan por hermosos ideales y, dondequiera, la vida está llena de heroísmo. Sé tú mismo. Sobre todo, no pretendas disimular tus sanas inclinaciones. No seas cínico en el amor porque cuando aparece la aridez y el desencanto en el rostro, se convierte en algo tan perenne como la hierba. Acepta con serenidad el consejo de los años y renuncia sin reserva a los dones de la juventud. Fortalece tu espíritu para que no te destruyan inesperadas desgracias. Pero no te crees falsos infortunios. Muchas veces el miedo es fruto de la fatiga y de la soledad. Sin olvidar una justa disciplina, sé benigno contigo mismo.

No eres más que una criatura en el universo, no menos que los árboles o las estrellas; tienes derecho a estar aquí. Y, si no tienes ninguna duda, el mundo se desplegará ante ti. Vive en paz con Dios, no importa cómo lo imagines; sin olvidar tus trabajos y aspiraciones mantente en paz con tu alma, pese a la ruidosa confusión de la vida. Pese a tus falsedades, penosas luchas y sueños arruinados, la tierra sigue siendo hermosa. Sé cuidadoso, lucha por ser feliz. (Inscripción fechada en el año 1692, encontrada en una tumba de la vieja iglesia de San Pablo de Baltimore).

Apprenez que l'homme passe infinitment l'homme (Sabed que el hombre supera infinitamente al hombre) BLAS PASCAL, *Pensamientos*.

VOCABULARIO ÉTICO BÁSICO

Acto humano

> *Todo acto que realiza el hombre consciente y libremente.*

El hombre realiza muchas actividades, desde la digestión del desayuno hasta el acto de dormir, pasando por el partido de tenis o el ir al trabajo cada día; el hombre realiza muchas actividades de formas y especies muy diversas.

A nosotros, en la ética, sólo nos interesan algunas de estas actividades del hombre. Igual que al médico le preocupa cómo hace la digestión su paciente, pero no le importa mucho que conozca perfectamente la geografía de su país o al profesor de universidad le interesa conocer el dominio que tiene el alumno de su materia sin prestar atención al hecho de que esté pasando por una crisis existencial, igual a nosotros sólo nos interesan como objeto de la ética aquellos actos de los que el hombre es responsable. No tendremos que dar cuentas ante nuestra conciencia de si somos capaces de nadar cien metros sin parar o del estado de nuestro aparato digestivo. Sólo podremos ser responsables de esos actos y podrán tener un cierto mérito o culpa si nuestra voluntad intervino en ellos, por ejemplo, en la fuerza de voluntad para nadar esa distancia diariamente y superar nuestros récords o la responsabilidad de haber estropeado el aparato digestivo abusando del alcohol.

Los actos de los que el hombre es responsable son los actos humanos que se caracterizan porque en ellos interviene nuestra inteligencia y proceden de nuestra voluntad. Éstos son los que interesan a la ética.

Acto moral

> *Es el mismo acto humano considerado en cuanto éticamente bueno o malo.*

Los actos humanos son aquellos que el hombre conoce y quiere hacer. La circulación de la sangre, el sentir dolor o placer no son actos conscientemente queridos y a veces nos pasan desapercibidos. El dormir, en sí mismo, está exento de voluntariedad y de advertencia (cuando duermo no me doy cuenta de que estoy durmiendo). Sin embargo, el hacer deporte es un acto del que nos damos cuenta y queremos hacer, pero, sin embargo, tampoco entra en el campo de la ética (desde el punto de vista ético no es bueno o malo en sí el jugar al fútbol) ¿Por qué?

Porque si decimos que el acto humano es el que se efectúa con advertencia y voluntad (libertad que decide), *el acto humano moral* es aquel donde la advertencia no consiste sólo en darse cuenta de lo que se está haciendo, sino de la relación que tiene ese acto con la ética. Por ejemplo, jugar al fútbol no es malo, sin embargo sí sería malo, y entraría en el campo de la ética, estar jugando un partido cuando el deber te pediría estar en tu trabajo o estudiando, o sería éticamente positivo el hecho de que estuvieras jugando un partido para recaudar dinero y ayudar a una familia pobre.

Entonces, cuáles son los elementos que convierten un acto humano en acto moral. Dicho de otra forma: si todo acto humano está compuesto de múltiples elementos, ¿en cuáles de ellos está la clave de la moralidad?

Fundamentalmente en tres:

a. El objeto del acto: la acción que se realiza vista desde el punto de vista ético.
b. Las circunstancias que lo rodean.
c. La finalidad que nos proponemos con el acto.

a. El objeto. Tomemos, por ejemplo, una acción cualquiera: una mujer está hablando con una amiga suya. Puede ser que esté contándole dónde fueron de vacaciones, que le esté comentando la belleza de las playas del lugar donde estuvieron, que le diga que se encontró con una amiga común y enseguida comience a contar sus defectos. Aquí la acción «hablar» tiene *varios objetivos*: contar experiencias vividas, describir un lugar, juzgar de otros, etcétera. Hay un *objeto moral*: la maledicencia, pues yo sé, por mi conocimiento de la ley moral, que decir los males del otro es atentar contra su fama y su dignidad y esto es antiético; además, si lo contado es mentira, estamos ante una calumnia o si es algo que yo he escuchado, estamos ante una difamación. El fundamento es muy sencillo, se está destruyendo la fama de una persona. Se ve, por tanto, que la acción «hablar» puede tener varios objetos morales: mentir, insultar, difamar, calumniar, alabar, elogiar, agradecer, adular, etcétera.

  b. *Las circunstancias.* Se refieren a:
  - *Quién realiza* la acción: no es igual que un juez dicte una sentencia o que lo haga alguien que no tiene ninguna autoridad; en este último caso sería una mentira.
  - *A quién se dirige:* la desobediencia o falta de respeto al presidente de la República es más grave que el desacato a una persona cualquiera.
  - *Qué* es lo que se realiza: no es lo mismo robar 100 dólares sin que nadie se dé cuenta que atracar un banco con una metralleta.
  - *Dónde:* en público o en privado, en un edificio del estado, etcétera.
  - *Medios* que se emplean: atracar con una pistola; uso del fraude o la violencia, etcétera.
  - *Modo:* premeditación, alevosía...
  - *Cuándo* se realiza: faltar al trabajo un domingo no es malo, un lunes sí.

  c. *El fin.* Es la intención que se busca al realizar un acto. Por ejemplo, no es igual tratar a una persona cortésmente porque así me lo pide su dignidad humana que hacerlo para seducirla o aprovecharme de ella. Nunca un fin bueno justifica una acción mala.

  Actuar buscando siempre sólo el placer como único fin es un error muy difundido en nuestra sociedad. Significa prescindir de cualquier valor que no sea la simple satisfacción del egoísmo. El principio general de todo acto debe ser hacer el bien y evitar el mal, y esto significará muchas veces pasar por encima del placer. Por ejemplo, en las relaciones interpersonales, el respeto al otro nos llevará muchas veces a respetar su forma de ser, aunque no vaya de acuerdo con la mía y esto para mí sea causa de molestia. De hecho, buscar el placer no es en sí un comportamiento amoral. El conflicto surge cuando se antepone la búsqueda del placer al amor, al respeto a los demás, a la verdad, al valor de la vida, etcétera y, en definitiva, a la búsqueda del bien y a la erradicación del mal. Esta forma de actuar puede producir, además, fuertes desequilibrios en la personalidad.

Amor

Relación de autodonación mutua, íntima, libre y responsable que se establece entre dos personas.

La filosofía define el amor como la tendencia hacia un bien conocido. Es una definición válida, pero no engloba toda la riqueza del amor que es capaz de dar sentido a la vida del hombre. Es sólo un esquema explicativo para ayudarnos a entender el proceso que sigue la voluntad humana en el amor.

El amor que puede dar sentido a la vida del ser humano es el amor de autodonación generosa, es darse al otro sin esperar compensaciones. Este amor auténtico no se puede confundir con otros «amores» dirigidos a realidades que no sean seres espirituales como la persona humana: amor a la música, amor al deporte, amor a la naturaleza, etcétera. Tampoco se puede confundir con un sentido de la palabra «amor» muy difundido hoy: el amor de *Hollywood*, que engloba otros «amores» suscitados por las pasiones sin la intervención de la inteligencia y la voluntad libre. Son impropiamente llamados amor pues no hay en ellos ni autodonación generosa, ni totalidad, ni verdadera responsabilidad.

Entonces, ¿cómo puedes conocer si tu amor es auténtico? No es tan sencillo, lo primero es ver si cumple algunas características propias del auténtico amor:

a. El amor tiende a la unión con el amado. Esto no hay que explicarlo mucho, el que ama a alguien quiere estar toda la vida unido con él. Pero esta unión del amor es de un modo especial, es una unión en la cual el amante se transforma en el amado, se adapta a él y, en cierto modo, se «convierte» en él. Y éste convertirse en el otro, «hacerse el otro» implica muchas veces renunciar a sí mismo, sacrificarse, adaptarse dejando lo que no agrada al otro, dándose. Por este hecho, el amor auténtico hace que el amante penetre profundamente en la intimidad del amado y viceversa, hasta llegar al punto en que nada de lo que pertenece al amado quede fuera del amante.

b. Es personal. En el amor entra toda la persona y se ama a otra persona completa, con sus virtudes y defectos, tal cual es. El amor que se basa sólo en la atracción física no puede durar, es un sueño que pasará rápido, lo que tarde en envejecer el ser amado. Es sensible y espiritual, por eso perfecciona al hombre. El verdadero amor no complica la vida, la ilumina.

c. Es fiel y exclusivo. El amor es algo serio, si entra en él toda la persona, no se puede tomar a broma. No se puede amar hoy y mañana no, porque si el amor desaparece es que no era auténtico y no soportó las pruebas de la vida. Sólo el amor que se construye desde la fidelidad y la mutua confianza puede hacer feliz al ser humano. Cuando se ama para pasar el tiempo, el tiempo hace pasar el amor.

d. Es gratuito. No se ama para ser felices sino para hacer felices a los otros, el que ama de verdad busca hacer feliz al amado en todo. El amor es darse sin esperar nada a cambio. El consuelo del amor es amar y, como decía San Agustín, «la medida del amor es amar sin medida» porque «el amor que hace economía no es jamás un verdadero amor» (Honorè de Balzac).

e. Es total. No se ama al otro en función de una cualidad concreta: por su belleza, por su dinero, por su posición social, etcétera. En el amor auténtico se ama al otro en sí mismo, con todos sus defectos y virtudes y se le ama con todo el ser.

El amor es una amistad profunda donde se comparte todo sin reservas ni egoísmos. No se ama por lo que se recibe sino por el gozo de enriquecer al otro con el don de sí mismo.

f. El amor auténtico es fecundo, está llamado siempre a dar buenos frutos. Si no da frutos buenos es que el amor no es auténtico. El amor ayuda a construirse como personas. No es mirarse uno a otro sino mirar los dos en la misma dirección y seguirla.

g. El amor auténtico es dinámico: es como un jardín que se debe vigilar continuamente para que siempre esté bello. Hay que cultivarlo, hacerlo crecer en los pequeños detalles, en la servicialidad, en el respeto, en el diálogo. Hay que purificarlo constantemente para que no se llene de malas hierbas, de egoísmo, de hastío o de rutina. El amor es una realidad viva: o crece o comienza a morirse. Acuérdate de Alfonso y Gabi.

h. Es soberanamente libre. El amor que se da conminado por la violencia, el que se guía por la ceguera o el que se deja llevar sólo por la pasión, no es auténtico amor. El amor es donación de lo que se posee y si uno no es dueño de sí mismo no puede darse.

Para que el amor realice al hombre, lo lleve a su plenitud, hace falta que vaya encauzado hacia bienes positivos. Y cuanto más altos sean los bienes amados, más elevan al hombre porque el ser humano se hace a ellos. Muchos aman la droga (porque ven un bien en ella) u otras realidades que en sí son males (son bienes aparentes) y estos amores no los elevan, al revés, los degradan y eso se ve. Sin embargo, el auténtico amor a los seres más elevados que encontramos en nuestra vida: los hombres (seres espirituales) o Dios (el Ser, Espíritu Puro y Creador de todos los seres) elevan de forma admirable al hombre y esto también se puede constatar externamente. Por eso se dice que el amor es la fuerza positiva más grande que mueve al ser humano.

Autoridad

> *Se llama «autoridad» a la cualidad en virtud de la cual, personas e instituciones dan leyes y órdenes a los hombres y esperan de ellos la correspondiente obediencia.*

Toda comunidad humana necesita una autoridad que la rija. Es necesaria para la utilidad de la sociedad. Su misión consiste en asegurar en cuanto sea posible el bien común de la sociedad. Pero son muchos y diferentes los hombres que se encuentran en una comunidad política, y pueden con todo derecho inclinarse hacia soluciones diferentes. Por ello, y para que, por la pluralidad de pareceres, no perezca la comunidad política, es indispensable una autoridad que dirija la acción de todos hacia el bien común no mecánica o despóticamente, sino obrando principalmente como una fuerza moral, que se basa en la libertad y en el sentido de responsabilidad de cada uno.

Es, pues, evidente que el ejercicio de la autoridad política, así en la comunidad en cuanto tal como en las instituciones representativas, debe realizarse siempre dentro de los límites del orden moral para procurar el bien común según el orden jurídico legítimamente establecido o por establecer.

Es entonces cuando los ciudadanos están obligados en conciencia a obedecer. De todo lo cual se deducen la responsabilidad, la dignidad y la importancia de los gobernantes.

El deber de obediencia impone a todos la obligación de dar a la autoridad los honores que le son debidos, y de rodear de respeto y, según su mérito, de gratitud y de benevolencia a las personas que la ejercen. Pero, la autoridad sólo se ejerce legítimamente si busca el bien común del grupo en cuestión y si, para alcanzarlo, emplea medios éticamente lícitos. Si los dirigentes proclaman leyes injustas o toman medidas contrarias al orden ético, estas disposiciones no pueden obligar en conciencia.

La autoridad es un servicio y, por tanto, no se puede concebir como un derecho para el que la posee sino como un deber. La sociedad puede y debe exigir un recto ejercicio de la autoridad y a los ciudadanos les es lícito defender sus derechos y los de sus conciudadanos contra el abuso de tal autoridad.

Una autoridad ejercida o basada en la fuerza no es capaz de mover voluntades ni es digna del hombre. En el ejercicio de la autoridad se debe defender especialmente a los más débiles.

Bien absoluto

> Es el fundamento de todos los bienes apetecibles, honestos y útiles, el único que colma el ansia de felicidad del hombre. Se identifica con Dios.

Todo lo que el hombre busca en su vida, lo que persigue, lo quiere como un bien que se le presenta como una fuente de felicidad. Todo hombre al actuar libremente, actúa en busca de algo que se le presente como apetecible, útil u honesto.

A veces, el *bien subjetivo*, es decir, lo que una persona cree o tiene por bueno, puede no coincidir con el *bien objetivo*. Por ejemplo, un chocolate es algo en sí muy bueno, pero para un diabético es un mal evitable. También en el campo de la ética puede suceder que muchas veces el hombre busque bienes que no corresponden al bien ético objetivo, al que enriquece al hombre en cuanto hombre, el que va de acuerdo con su naturaleza racional y libre. Esto puede deberse a diversas causas como el error, la ignorancia, etcétera.

Siempre que se busca un bien, se distingue entre bienes relativos y bien absoluto. Relativo indica que se busca por otro factor distinto de él. Por ejemplo, se come un chocolate para recuperar fuerzas, o para experimentar cierto placer. El bien absoluto está desligado de otros, se busca en sí mismo, aunque traiga consigo otros bienes. Precisamente absoluto significa eso: *ab - solutus*, desligado de otros, no sometido a nada.

El bien moral se presenta como absoluto, se hace el bien porque es bueno. Muchas veces no hay otra razón para actuar el bien. Hay casos en que el hacer el mal puede producir bienes de otro tipo como conseguir una mejor posición social, eliminar a un enemigo, experimentar un momento de intenso placer, etcétera, y sin embargo, hacer el bien puede acarrear ciertos males en otro orden: sacrificio, pobreza, etcétera; pero el bien moral se presenta por encima de los otros, como no comparable. Hay que hacer el bien porque es bueno, porque va de acuerdo a mi dignidad de persona humana. En el fondo, el bien moral participa de la absolutez del único bien totalmente absoluto que es Dios. Al hacer el bien, el hombre se acerca a Dios que es el bien supremo.

Bien común

> *Bien común es el conjunto de aquellas condiciones de la vida social que permiten a los grupos y a cada uno de sus miembros conseguir más plena y fácilmente su propia perfección.*

Conforme a la naturaleza social del hombre, el bien de cada persona está necesariamente relacionado con el bien común. A su vez el Bien Común sólo se puede entender refiriéndose a la persona humana como criterio.

El bien común comporta tres elementos esenciales:

a. Respeto a la persona. En nombre del bien común, las autoridades están obligadas a respetar los derechos fundamentales e inalienables de la persona humana. La sociedad debe permitir a cada uno de sus miembros realizarse como hombres en paz y libertad. En particular, el bien común debe respetar y promover las condiciones básicas para que puedan ejercerse las libertades naturales que son indispensables para el recto desarrollo del hombre: derecho a actuar de acuerdo con la recta norma de su conciencia, a la protección de la vida privada y a la justa libertad, también en materia religiosa.

b. Bienestar social. En segundo lugar, el bien común exige el bienestar social y el desarrollo del grupo mismo. El desarrollo es el resumen de todos los deberes sociales. Ciertamente corresponde a la autoridad decidir, en nombre del bien común, entre los diversos intereses particulares; pero debe facilitar a cada uno lo que necesita para llevar una vida verdaderamente humana: alimento, vestido, salud, trabajo, educación, cultura, información adecuada, derecho de fundar una familia, etcétera.

c. Paz. El bien común implica, finalmente, la paz. es decir, la estabilidad y la seguridad de un orden justo. Supone, por tanto, que la autoridad asegura, por medios honestos, la seguridad de la sociedad y la de sus miembros. Así, el bien común fundamenta el derecho a la legítima defensa individual y colectiva.

Corresponde al Estado defender y promover el bien común de la sociedad civil, de los ciudadanos y de las instituciones intermedias.

Las interdependencias humanas se intensifican. Se extienden poco a poco a toda la Tierra. La unidad de la familia humana que agrupa a seres que poseen una misma dignidad natural, implica un bien común universal. Éste requiere de una organización de la comunidad de naciones, capaz de proveer a las diferentes necesidades de los hombres, tanto en los campos de la vida social, a los que pertenecen la alimentación, la salud, la educación, etcétera, como no pocas situaciones particulares que pueden surgir en algunas partes, como son socorrer en sus sufrimientos a los refugiados dispersos por todo el mundo o ayudar a los emigrantes y a sus familias, etcétera.

El bien común está siempre orientado hacia el progreso de las personas: el orden social y su progreso deben subordinarse al bien de las personas, y no al contrario. Este orden tiene por base la verdad, se edifica en la justicia y es vivificado por el amor.

Bien moral

Es aquel bien que, buscado por el hombre en su actuar, le perfecciona en cuanto persona humana.

El bien moral es un bien que está por encima de todos. Así, en nuestro lenguaje corriente, decimos que este hombre es bueno para los negocios, que es un buen futbolista, un buen amigo y todo eso lo distinguimos del «ser bueno». Si decimos: «Juan es bueno», ahí estamos afirmando un valor especial de Juan que parece estar por encima de los demás valores. También puede darse el ejemplo contrario: podemos decir que Hitler fue un hombre hábil, inteligente, capaz de dirigir a las masas, un buen estratega, pero ninguna de estas cualidades parece tener valor cuando acabamos concluyendo que era un hombre malo. Al decir «era malo» se califica de forma absoluta a todos los actos de la persona por encima de los demás valores que pudieran existir en cada acto particular. Este juicio toma en cuenta sólo el bien moral.

Podemos decir que el bien moral da valor o autenticidad a todos los demás bienes que deben medirse con él. El bien moral da valor a todo el actuar humano. Tus actos humanos serán mejores o peores en la medida en que te acerquen a ese bien.

La ley moral nos guía para conseguir ese bien moral que abarca a todo el hombre, que hace que éste actúe de acuerdo a su dignidad.

Bienaventuranzas

Bienaventurados los pobres de espíritu, porque de ellos es el Reino de los Cielos. Bienaventurados los mansos, porque ellos posseerán en herencia la tierra. Bienaventurados los que lloran, porque ellos serán consolados. Bienaventurados los que tienen hambre y sed de la justicia, porque ellos serán saciados. Bienaventurados los misericordiosos, porque ellos alcanzarán misericordia. Bienaventurados los limpios de corazón, porque ellos verán a Dios. Bienaventurados los

> *que trabajan por la paz, porque ellos serán llamados hijos de Dios. Bienaventurados los perseguidos por causa de la justicia, porque de ellos es el Reino de los Cielos. Bienaventurados seréis cuando os injurien, y os persigan y digan con mentira toda clase de mal contra vosotros por mi causa. (Mt 5,3-11)*

Las bienaventuranzas son el centro del mensaje ético cristiano. En ellas se concretan las actitudes básicas del cristiano, sus aspiraciones. El centro y la base de las bienaventuranzas es el amor predicado y vivido por Cristo. Las bienaventuranzas ofrecen la fisonomía ética de Cristo, su modo de ser y vivir, sus actitudes fundamentales.

Las bienaventuranzas tienen como fin iluminar las acciones concretas del ser humano, sus opciones y sus disposiciones ante las diversas realidades que va a encontrar en su vida. Son muchas veces paradójicas, anuncian la felicidad en cosas donde aparentemente no cabría esperarla. La explicación de esta aparente paradoja está en el hecho de que las bienaventuranzas descubren la verdadera meta de la existencia humana, el fin último de los actos humanos, Dios y la vida eterna del alma junto a Él.

El mensaje de las bienaventuranzas conlleva una serie de opciones morales decisivas. Invitan a purificar el corazón de malos instintos y a buscar el amor de Dios por encima de todo. Enseñan que la verdadera dicha no reside en la riqueza ni el bienestar, ni en el poder, ni en la gloria humana, sino sólo en Dios, sumo bien del hombre.

Caridad

> *Es la virtud sobrenatural por la que se ama a Dios sobre todas las cosas y al prójimo como a sí mismo por amor a Dios.*

La caridad es la virtud central en la ética que presenta el Evangelio, la única que Cristo ordena vivir a sus apóstoles (Jn 13,34). Es, por tanto, la base de toda la espiritualidad cristiana.

Es el signo que distingue a los auténticos seguidores de Jesucristo, la raíz de todos los valores cristianos que sin ella quedarían vacíos. Es el secreto del impacto apostólico; el impulso incontenible que lanza al servicio de Dios y de los hombres, especialmente de los más necesitados para ayudarles a encontrar en Cristo el sentido de su vida y su salvación. Es el secreto de la autenticidad y la fecundidad en la vida cotidiana del cristiano.

Estudiando la definición, vemos que la caridad tiene un doble objeto: el amor a Dios y el amor al prójimo, pero que el motivo es único: se ama a Dios y al prójimo por amor a Dios. La explicación es muy sencilla: Cristo al encarnarse se ha unido místicamente con toda la humanidad de modo que no amar a los que pertenecen o pueden pertenecer al Cuerpo Místico de Cristo, es no amar a Cristo. Por tanto, es un engaño pensar que se puede ser un auténtico cristiano desinteresándose del prójimo.

Además, la caridad es la más excelente de todas virtudes porque es la que más directamente une al hombre a Dios ya que la mejor definición de Dios es que Él es amor y todas sus obras las realiza por amor; porque la caridad es la virtud que ordena y dirige hacia Dios todas las demás virtudes pues cualquier acto bueno tiene que estar empapado de caridad para agradar a Dios; porque la caridad es la única virtud sobrenatural que no termina con la muerte ya que constituye la base de la felicidad en la vida eterna (la eternidad será el amor total sin cortes ni interrupciones dirigido totalmente a Dios y a los demás; la fe y la esperanza habrán desaparecido).

Conciencia

> La conciencia moral es un juicio de la razón por el que la persona humana reconoce la cualidad ética de un acto concreto que piensa hacer, está haciendo o ha hecho.

La conciencia no es otra cosa que la inteligencia humana cuando juzga prácticamente sobre la bondad o maldad moral de los actos humanos. No es una facultad aislada e independiente que actúa por sí sola como la memoria, la imaginación u otras capacidades que posee el hombre, sino la misma inteligencia cuando juzga la bondad o maldad de una acción. La base de este juicio son los principios morales que posee la persona que juzga y el acto de la conciencia es el juicio en que estos principios se aplican a las acciones concretas.

Su función no se reduce a emitir un juicio moral posterior a la acción, sino que ella misma valora tus decisiones antes de actuar y es testigo de tus actos. Es sobre todo una llamada a hacer el bien y evitar el mal. Una conciencia rectamente formada siempre te invitará a actuar de acuerdo a tus principios y convicciones, te impulsará a servir a los hombres, a promover todo lo que sea positivo y a eliminar lo negativo.

Conviene hacer una distinción entre conciencia psicológica y la conciencia moral, que es a la que nos estamos refiriendo:

- *Conciencia (sentido psicológico)*: conocimiento íntimo que tiene el hombre de sí mismo y de sus actos, por ejemplo, cuando me doy cuenta de que estoy caminando.
- *Conciencia (sentido ético o moral)*: es la misma inteligencia que hace un juicio práctico, es decir, particular y concreto, sobre la bondad o maldad de un acto. Así, por ejemplo, cuando experimentamos arrepentimiento ante algo que hemos hecho o nos preguntamos sobre si alguna cosa que planeamos será buena o será lo mejor, estamos ejercitando nuestra conciencia moral.

La conciencia moral comprende la percepción de los principios de la moralidad, las leyes morales, su aplicación a las circunstancias concretas mediante un discernimiento práctico de las razones y de los bienes, y el juicio formado sobre los actos concretos que se van a realizar o se han realizado. El hombre tiene el derecho de actuar en conciencia y en libertad, a fin de tomar personalmente las decisiones morales.

La conciencia es una *instancia inviolable* a la que ninguna instancia humana puede oponerse. Por otro lado, la conciencia *no es una instancia última* pues en ella percibes una ley moral obligante que tú no has creado; la conciencia no es un juez que se da la ley a sí mismo según su capricho. Por eso, la voz de la conciencia, ciertamente, no puede ser asumida en solitario, sin referencia alguna a instancias objetivas que están fuera de ella. Necesita confrontarse con sus últimos y absolutos fundamentos, es decir, con el valor moral objetivo y la ley natural. Sólo el respeto a estas referencias garantiza la autenticidad de la conciencia en el hombre. En consecuencia, *no se puede confundir la conciencia con la capacidad del hombre para dirigir su comportamiento, elevada a instancia última y a tribunal inapelable de la conducta en el campo de lo ético; no se puede identificar la libertad con la conciencia*. La conciencia, por sí misma, no es, por tanto, un oráculo infalible, tiene necesidad de crecer, de ser formada, de ejercitarse en un proceso que avance gradualmente en la búsqueda de la verdad y en la progresiva integración e interiorización de valores y normas morales. Todos los hombres llevan escrito en su corazón el contenido de la ley, cuando la conciencia aporta su testimonio con sus juicios que condenan o aprueban.

La conciencia *está expuesta a su propio falseamiento*: a tener por bueno lo que es malo; y puede deformarse, hasta el punto de no emitir apenas juicios de valor sobre el comportamiento del hombre. Por eso debes educar tu conciencia, formarla sólidamente para que te guíe hacia lo mejor, a crecer como hombre.

Siempre hay que tener en cuenta algunas reglas generales de la conciencia:

a. Nunca se puede justificar el mal para obtener un bien. El fin no justifica los medios. Cada acto tiene ante la conciencia un peso ético propio, independientemente de que sea fin o medio para otro.

b. La «regla de oro». «Todo cuanto quieras que te hagan los hombres, házselo también tú a ellos» o, dicho en términos de Kant: «Debo conducirme siempre de tal forma que pueda querer que la máxima que dirige mi comportamiento se convierta en ley universal».

c. Se debe actuar siempre con respeto hacia el prójimo y hacia su conciencia.

DERECHOS HUMANOS

Son aquellos derechos que tiene la persona humana por el sólo hecho de serlo.

Los principales derechos humanos son: derecho a la existencia y a un decoroso nivel de vida; derecho a la buena fama, a la verdad y a la cultura; derecho a poder ejercer el culto divino; derecho a elegir el estado de vida, a fundar una familia, a seguir una vocación religiosa, a mantener y educar a los hijos; derecho a que se le facilite la posibilidad de trabajar y a la libre iniciativa en el desempeño del trabajo, a unas condiciones de trabajo dignas física y moralmente, a ejercer la actividad económica; derecho a la propiedad privada; derecho a reunirse y crear asociaciones, a actuar dentro de ellas y llevarlas a alcanzar sus fines; derecho a conservar o cambiar su residencia, a emigrar por justos motivos; derecho a intervenir en la vida pública; derecho a la seguridad personal y a la legítima defensa de sus derechos. Esta lista se puede completar también con los deberes, tanto unos como otros, se encuentran muy bien expuestos y explicados en la encíclica *Pacem in Terris* del Papa Juan XXIII.

Estos derechos, por tener su fundamento en la misma dignidad del hombre, pertenecen a todo ser humano y son inviolables.

El respeto de la persona humana implica el respeto de los derechos que se derivan de su dignidad especial de ser individual, dotado de cuerpo material y alma espiritual. Estos derechos son anteriores a la sociedad y se imponen a ella. Fundan la legitimidad ética de toda autoridad: menospreciándolos o negándose a reconocerlos en su legislación positiva, una sociedad mina su propia legitimidad moral. Sin este respeto, la autoridad sólo podrá apoyarse injustamente en la fuerza o en la violencia para ser obedecida.

El respeto a la persona humana pasa por el respeto del principio según el cual cada uno, sin ninguna excepción, debe considerar al prójimo como *otro yo*, cuidando, en primer lugar, de su vida y de los medios necesarios para vivirla dignamente. Ninguna legislación podría por sí misma hacer desaparecer los temores, los prejuicios, las actitudes de soberbia y de egoísmo que obstaculizan el establecimiento de sociedades verdaderamente fraternas. Estos comportamientos antihumanos sólo cesan con el amor que ve en cada hombre un prójimo. El deber de hacerse prójimo de los demás y de servirlos activamente se hace más acuciante todavía cuando éstos están más necesitados en cualquier sector de la vida humana.

Este mismo deber se extiende a los que piensan y actúan diversamente de nosotros.

Esperanza

> *Es la virtud teologal por la que se anhela alcanzar el Reino de los Cielos y la vida eterna como máxima felicidad del hombre, poniendo la confianza en las promesas de Cristo y apoyándose no sólo en las fuerzas personales, sino sobre todo, en los auxilios de la gracia.*

La virtud de la esperanza corresponde al anhelo de felicidad que se encuentra en el corazón de cada hombre.

Cuando Dios se revela y llama al hombre, éste no puede responder plenamente al amor divino por sus propias fuerzas. Debe esperar que Dios le dé la capacidad de devolverle el amor y de obrar conforme a los mandamientos. La esperanza es aguardar confiadamente la bendición divina y la bienaventurada visión de Dios; es también el temor de ofender el amor de Dios.

El fundamento de esta virtud lo encontramos en la bondad y el poder infinito de Dios que siempre es fiel a sus promesas. Dios ha prometido el Cielo a los que guarden sus mandamientos y ha prometido, además, que Él ayudará a los que se esfuercen en guardarlos. Dios, por medio de la gracia divina, permite al hombre hacer obras meritorias y, a través de ellas, alcanzar la gloria eterna.

La esperanza cristiana recoge y perfecciona la esperanza del pueblo elegido del Antiguo Testamento, que tiene su origen y su modelo en la esperanza de Abraham, colmada en Isaac. Él esperaba el cumplimiento de las promesas de Dios y su esperanza fue purificada por la prueba del sacrificio (Cf. Génesis 17,4-8; 22,1-18). Dios además hizo una Alianza con Israel en el Monte Sinaí y Él siempre se mantuvo fiel. El pueblo se dejó llevar por la desconfianza y llegó a adorar a otros dioses, pero Dios seguía conservando su fidelidad, su amor hacia ese pueblo elegido. Este es el fundamento de la esperanza: Dios siempre se mantiene fiel en su amor hacia cada hombre y, por eso, aunque los pecados sean muchos, siempre se puede acudir a Él con arrepentimiento para recuperar la relación de amor que el hombre rompe con su infidelidad.

Sin la esperanza, el hombre queda encerrado en los horizontes de este mundo, sin posibilidad de abrirse a la vida eterna y esto puede llevarle a la desesperación, pues no será capaz de resolver positivamente los enigmas de la vida y de la muerte, de la culpa y del dolor. Sin ella, el hombre cree que está solo ante las dificultades, que no cuenta con la ayuda de Dios. Esto, unido a la constatación de su propia debilidad, le sume en el pesimismo y en la falta de ilusión por superarse. Gran parte de la filosofía existencialista moderna, olvidada de Dios, sigue esta línea con terribles consecuencias para el hombre: desesperación, absurdo, suicidio, etcétera.

Familia

La familia es la «célula original de la vida social». Es la sociedad natural en que el hombre y la mujer son llamados al don de sí en el amor y en el don de la vida.

La familia es una comunidad establecida sobre el consentimiento mutuo de los esposos. El matrimonio y la familia están ordenados al bien de los esposos y a la procreación y educación de los hijos. El amor de los esposos y la generación de los hijos establecen entre los miembros de una familia relaciones personales y responsabilidades primordiales.

Un hombre y una mujer unidos en matrimonio forman con sus hijos una familia. Esta disposición es anterior a todo reconocimiento por la autoridad pública; se impone a ella. Se la considerará como la referencia normal, en función de la cual deben ser apreciadas las diversas formas de parentesco.

Sus miembros son personas iguales en dignidad. Para el bien común de sus miembros y de la sociedad, la familia implica una diversidad de responsabilidades, de derechos y de deberes.

Las relaciones en el seno de la familia entrañan una afinidad de sentimientos, afectos e intereses que provienen sobre todo del mutuo respeto de las personas. La familia es una «comunidad privilegiada» llamada a realizar un propósito común de los esposos y una cooperación diligente de los padres en la educación de los hijos.

La autoridad, la estabilidad y la vida de relación en el seno de la familia constituyen los fundamentos de la libertad, de la seguridad, de la fraternidad en el seno de la sociedad. La familia es la comunidad en la que, desde la infancia, se pueden aprender los valores morales y a usar adecuadamente la libertad. La vida de familia es iniciación a la vida en sociedad.

La familia debe ser ayudada y defendida mediante medidas sociales apropiadas. Cuando las familias no son capaces de realizar sus funciones, los otros cuerpos sociales tienen el deber de ayudarlas y de sostener la institución familiar. En conformidad con el principio de subsidiariedad, las comunidades más vastas deben abstenerse de privar a las familias de sus propios derechos y de inmiscuirse en sus vidas.

La importancia de la familia para la vida y el bienestar de la sociedad entraña una responsabilidad particular de ésta en el apoyo y fortalecimiento del matrimonio y de la familia. Por eso, la autoridad civil ha de considerar como deber grave el reconocimiento de la auténtica naturaleza del matrimonio y de la familia, protegerla y fomentarla, asegurar la moralidad pública y favorecer la prosperidad doméstica. La comunidad política tiene el deber de honrar a la familia, asistirla y asegurarle especialmente:

a. la libertad de fundar un hogar, de tener hijos y de educarlos de acuerdo con sus propias convicciones morales y religiosas;
b. la protección de la estabilidad del vínculo conyugal y de la institución familiar;
c. la libertad de profesar su fe, transmitirla, educar a sus hijos en ella, con los medios y las instituciones necesarios;
d. el derecho a la propiedad privada, a la libertad de iniciativa, a tener un trabajo, una vivienda, el derecho a emigrar;
e. el derecho a la atención médica, a la asistencia de las personas de edad y a los subsidios familiares, conforme a las instituciones del país;
f. la protección de la seguridad y la higiene, especialmente en lo que se refiere a peligros como la droga, la pornografía, el alcoholismo, etcétera, y

g. la libertad para formar asociaciones con otras familias y de estar así representadas ante las autoridades civiles.

Fe

> *Es la virtud teologal por la que se cree en Dios y en todo lo que Él ha dicho y revelado.*

Por la fe, el hombre se entrega entera y libremente a Dios, y por ella el creyente se esfuerza por conocer y hacer la voluntad de Dios. Por eso se dice que la fe es el fundamento de la vida moral. La fe es un don, el don más grande que puede recibir el hombre pues le adentra en un conocimiento y en una experiencia de Dios que él por sí sólo no podría alcanzar. Como mucho, podría llegar a afirmar que Dios existe y dar algunas características generales de Él. La fe da sentido a la vida, la hace feliz, la redimensiona hacia la vida eterna, enseña a comprender el dolor y el sufrimiento, da sentido a las realidades cotidianas, llena los momentos más comunes de la vida con la presencia de Dios. Aunque se reciba de forma muy sencilla, en el Bautismo, casi por herencia, la fe tiene un valor inigualable para el que sabe ser fiel a ella.

La certeza de la fe se basa en la autoridad del que revela, que es Dios, ya que Él no puede engañarse o errar por ser omnisciente (todo lo sabe), ni engañarnos por ser Padre Amoroso, Suprema Verdad y Supremo Bien.

La fe es decir sí a las verdades reveladas por Dios; pero para que el asentimiento sea real ha de plasmarse en obras. La fe no es tampoco un simple sentimiento de la presencia de Dios en la vida sino fiarse de Dios, confiar en Él, seguir una estrella que un día vimos aunque no sepamos a dónde nos va a llevar. Podemos decir entonces que la fe, como todas las virtudes teologales, no tiene como fin primario capacitar al hombre para su tarea en este mundo sino iniciarle a la vida divina que sólo alcanzará su perfección en la vida eterna. La fe es adhesión de la inteligencia a la palabra de Cristo (Evangelio) y entrega confiada a Él de toda la persona. Tiene, por tanto, un carácter intelectual y una dimensión existencial (que abarca a toda la existencia en sus múltiples facetas).

Por tanto, en la fe entran la inteligencia y la voluntad; los actos de fe son actos humanos. Por ello no podemos reducir la fe sólo a sentimientos o emociones ni considerarla como algo irracional o absurdo que simplemente obedecemos sin buscar su significado profundo o su coherencia interna. La fe es racional aunque a veces al hombre le cueste encontrarle sentido. La dificultad, en este caso, no es de la fe sino de la limitación humana.

Los deberes que impone la fe al que la posee son: conocerla, confesarla y preservarla de cualquier peligro.

GRACIA

Es el favor o auxilio gratuito que Dios nos da para responder a su llamada: llegar a ser hijos adoptivos de Dios, partícipes de la naturaleza divina y de la vida eterna. Es una participación en la vida de Dios.

La gracia nos introduce en la intimidad de la vida divina, de la Santísima Trinidad. Por la gracia podemos llamar Padre a Dios, en unión con el Hijo único. Por la gracia recibimos la vida del Espíritu Santo que infunde la caridad y que forma la Iglesia.

Esta vocación a la vida eterna es *sobrenatural*. Depende enteramente de la iniciativa gratuita de Dios, porque sólo Él puede revelarse y darse a sí mismo. Sobrepasa las capacidades de la inteligencia y las fuerzas de la voluntad humana, como las de toda criatura.

1. La *gracia de Cristo* es el don gratuito que Dios nos hace de Su vida infundida por el Espíritu Santo en nuestra alma para sanarla del pecado y santificarla: es la *gracia santificante o divinizadora*, recibida en el Bautismo. Es en nosotros la fuente de la obra de santificación.

La *gracia santificante* es un don habitual, una disposición estable y sobrenatural que perfecciona al alma para hacerla capaz de vivir con Dios, de obrar movidos por Su amor. La gracia santificante nos hace hijos de Dios y herederos del Cielo. Es una gracia otorgada por la Santísima Trinidad al bautizado.

2. Dentro de esta gracia santificante se debe distinguir entre la *gracia habitual,* disposición permanente para vivir y obrar según la vocación divina y las *gracias actuales* que designan las intervenciones divinas que están en el origen de la conversión o en el curso de la obra de la santificación.

La preparación del hombre para *acoger la gracia* es ya una obra de la *gracia* que resulta necesaria para suscitar y sostener nuestra colaboración con la obra de Dios en nosotros. Dios completa en nosotros lo que Él mismo comenzó, «*porque Él, por su acción, comienza haciendo que nosotros queramos; y termina cooperando con nuestra voluntad ya convertida*» (San Agustín).

La libre iniciativa de Dios exige la *respuesta libre del hombre*, porque Dios creó al hombre a su imagen concediéndole, con la libertad, el poder de conocerle y amarle. El alma sólo libremente entra en la comunión del amor.

3. La gracia es, ante todo y principalmente, el don del Espíritu que nos justifica y nos santifica. Pero la gracia comprende también los dones que el Espíritu Santo nos concede para asociarnos a su obra, para hacernos capaces de colaborar en la salvación de los otros y en el crecimiento del Cuerpo de Cristo, que es la Iglesia. Estas son las *gracias sacramentales,* dones propios de los distintos sacramentos.

4. El Espíritu Santo entrega además las *gracias especiales,* llamadas también «*carismas*», según el término griego empleado por San Pablo, y que significa favor, don gratuito, beneficio. Cualquiera que sea su carácter, a veces extraordinario, como el don de milagros o de lenguas, los carismas están ordenados a la gracia santificante y tienen por fin el bien común de la Iglesia. Están al servicio de la caridad, que edifica la Iglesia.

5. Entre las gracias especiales conviene mencionar las *gracias de estado,* que acompañan el ejercicio de las responsabilidades de la vida cristiana y de los ministerios en el seno de la Iglesia.

Hombre, persona humana

> El hombre es un animal racional, un ser individual e irrepetible dotado de cuerpo y alma.

El hombre es una unión perfecta de cuerpo y alma. Se distingue del animal por su alma espiritual con todas sus capacidades: tiene capacidad de tomar decisiones, puede hacer razonamientos con leyes o conceptos que ha encontrado observando el mundo material, tiene libertad para tomar decisiones, experimenta la conciencia como presente siempre en su actuar, etcétera. La persona humana no es algo, sino alguien, individual e irremplazable, capaz de conocerse, de poseerse, de darse libremente, de entrar en comunión con otras personas.

Muchas de estas capacidades nos hacen pensar en la existencia de un alma inmortal: la capacidad de separarse del mundo, del espacio y del tiempo, para razonar con conceptos abstractos, volver a repensar el pasado y adelantar el futuro; la toma de decisiones que llevan implícita una responsabilidad, etcétera. Todas estas actividades humanas manifiestan una trascendencia en el hombre y un ansia de eternidad. Esto nos distingue de los animales.

El hombre es una unidad de cuerpo y alma, no es un alma sola ni un cuerpo solo. Tampoco se puede decir que el cuerpo es un añadido del alma. Cada persona es un ser constituido por la unión de dos elementos: alma y cuerpo, el hombre es el cuerpo y el alma juntos. Por ello, el cuerpo goza también de una dignidad especial y es un error la frase tan escuchada hoy para justificar ciertas conductas sexuales desviadas: «yo hago con mi cuerpo lo que quiero». Es absurdo porque al actuar el cuerpo, es el «yo», la persona, la que actúa. Seguramente, si a esos que dicen que hacen con su cuerpo lo que quieren les pides que dejen caer su cuerpo desde la Torre Latinoamericana, te dirán que no lo hacen porque saben que la caída también les afectará a su «yo» íntimo.

El hombre es una unidad bien estructurada. La unidad de alma y cuerpo no excluye una diferenciación y una clara estructura interna en el ser del hombre.

El elemento exterior del hombre, el cuerpo, es la expresión, el signo o el símbolo del elemento interior, el alma. Esto hay que entenderlo bien, no es que el cuerpo sea un simple instrumento del alma, sino que siempre, la corporeidad, el cuerpo, refleja la interioridad. Se puede percibir en diversas circunstancias, por ejemplo, una persona que pasa por un grave sufrimiento interior suele reflejarlo en su cara, en sus facciones, etcétera.

Por ello, el hombre puede manifestar su interioridad a través del cuerpo: en miradas, palabras, en la forma de vestir o de comer, se expresa la personalidad y por eso, no se puede aislar el cuerpo de la *psique*; el cuerpo debe expresar la veracidad y dignidad humana. Esto tiene gran importancia para fundamentar filosóficamente la ética de la sexualidad humana pues la actividad sexual corporal deberá sujetarse a la interioridad: al amor, a la responsabilidad, al compromiso mutuo y real de entrega, al interés por la vida; y no al egoísmo, a las pasiones exaltadas o al simple deseo de placer efímero y fácil.

El hombre no es sólo un animal que puede contentarse con la satisfacción de sus necesidades materiales. Necesita más. Por eso, su felicidad no depende sólo de la posesión de bienes o del poder que puede alcanzar sobre los demás.

Esta realidad del hombre, cuerpo y espíritu, le da una dignidad especial dentro de todos los seres de este mundo, le hace absolutamente irrepetible, le da una individualidad propia. Aquí está la base del respeto al ser humano, de sus derechos. Las distinciones de razas, nacionalidades, credos religiosos, son accesorias y nunca pueden convertirse en base para minusvalorar o despreciar a un hombre respecto a otro.

Dotados de una misma alma racional, todos los hombres poseen una misma naturaleza y un mismo origen; todos gozan por tanto de una misma dignidad. La igualdad entre los hombres se deriva esencialmente de su dignidad personal y de los derechos que dimanan de ella.

Al venir al mundo, el hombre no dispone de todo lo que le es necesario para el desarrollo de su vida corporal y espiritual, es un ser indefenso, necesitado de los demás. Por otro lado, constatamos que hay diferencias entre los hombres por lo que se refiere a la edad, a las capacidades físicas, a las aptitudes intelectuales, a las circunstancias que rodean a cada uno, a la distribución de las riquezas. Estas diferencias no son malas en sí sino que constituyen la base de la comunicación entre los hombres, de la colaboración y de la edificación de la sociedad. Las diferencias alientan y, con frecuencia, obligan a las personas a la magnanimidad, a la benevolencia y a la comunicación. Incitan a las culturas a enriquecerse unas a otras.

Existen también desigualdades escandalosas que afectan a millones de hombres y mujeres. Estas diferencias deben combatirse con la justicia y la solidaridad a todos los niveles.

Justicia social

> Es el principio de organización de la sociedad que busca una recta distribución de los bienes económicos, culturales, educativos, sanitarios, etcétera.

Tradicionalmente se enuncia el principio de la justicia social como *dar a cada uno lo suyo*, es decir: respetar las condiciones propias de cada uno y sus fines propios dentro de la sociedad; proporcionarle, en la medida de lo posible, los medios necesarios para que pueda realizarse sin detrimento de los fines y de la realización de los demás.

Se puede hablar de varias dimensiones de la justicia social:

a. *Conmutativa*: regula los intercambios *entre las personas* en el respeto exacto de sus derechos. La justicia conmutativa obliga estrictamente; exige la salvaguardia de los derechos de propiedad, el pago de las deudas y el cumplimiento de las obligaciones libremente contraídas (por ejemplo, un contrato, el consentimiento matrimonial, etcétera). Sin justicia conmutativa no es posible ninguna otra forma de justicia.

b. *Legal*: se refiere a lo que *el ciudadano* debe equitativamente *a la sociedad*.

c. *Distributiva*: regula lo que *la comunidad* debe a los *ciudadanos* en proporción a su contribución y necesidades.

La justicia social sólo puede conseguirse sobre la base del respeto de la dignidad del hombre pues la persona representa el fin último de la sociedad. La sociedad debe servir al hombre para realizarse.

Leyes civiles

> *Ordenamientos nacidos de la razón humana y promulgados por la autoridad para defender y buscar el bien común.*

Además de las leyes morales naturales, inherentes a la naturaleza humana, sobre las que reflexionamos en el capítulo quinto, también hay que considerar en el campo de la ética las leyes civiles. Son leyes dictadas por los hombres o por instituciones humanas y están también relacionadas con la ley moral.

Las leyes civiles son promulgadas por instituciones políticas, sociales, religiosas o jurídicas que tienen potestad sobre algún grupo humano. Tienen carácter obligatorio cuando son legítimas y justas, es decir, cuando:

a. están dirigidas al bien común, al bien de la comunidad y de sus individuos.
b. Han sido promulgadas por la legítima autoridad y dentro de sus atribuciones.
c. Son buenas en sí mismas y en sus circunstancias. Es decir, están de acuerdo a la ley natural, en sí y en todas sus aplicaciones.
d. Son impuestas a los súbditos en las debidas proporciones.

Sin embargo, cuando la ley es injusta porque falta alguna de estas condiciones, no obliga. Y si se diese el caso de que una ley humana se opusiera manifiestamente a la ley natural, entonces es obligatorio desobedecerla.

Libertad

> *Capacidad que tiene el hombre para decidir sobre su comportamiento y actuarlo; dicho de otra forma, es la capacidad de autodirigirse según lo que le dicta su razón.*

El hombre es dueño de su comportamiento. Por eso se le pueden pedir cuentas de lo que hace. Puede cumplir leyes, tiene sentimientos de culpabilidad, experimenta el arrepentimiento o la satisfacción ante una buena obra, etcétera. Todo esto son manifestaciones de una responsabilidad. A un animal no se le pueden pedir responsabilidades: un lobo, por ejemplo, no se da cuenta de lo que hace cuando mata a una oveja; simplemente tiene hambre y actúa, pone los medios para satisfacer su instinto. El hombre puede tener hambre y elegir libremente no comer.

El hombre es capaz de elegir, actúa movido por deliberaciones, sopesa las diversas opciones, escoge esta carrera o aquélla, se compromete a asistir a las actividades de este club o de aquél; juzga, valora dando razones y se decide a actuar. Esto explica la íntima relación que hay entre la libertad (decisión de actuar) y la inteligencia (juicio). Se puede decir que cuanto más pensada está una decisión, más libre es.

Por tanto, la libertad es la capacidad que tiene el hombre para decidir sobre su comportamiento y actuarlo, es la capacidad de autodirigirse según lo que le dicta su razón. En esta libertad radica el mérito o la maldad de nuestros actos. Si no tuviéramos libertad, nuestras acciones no tendrían mérito, serían siempre indiferentes, no podríamos dejar de hacerlas.

Esta libertad hace al hombre responsable de sus actos ya que si puede elegir su comportamiento de acuerdo a unas razones internas, debe o puede dar cuenta de estas razones.

La libertad también va unida al respeto a la libertad ajena, a los derechos de los demás, va regida según unas leyes que el hombre dicta, que encuentra en su naturaleza o que él mismo percibe en su conciencia.

Podemos hablar de diversos tipos de libertad:

a. *Libertad física*, es decir, ausencia de trabas. Es la «libertad» del animal salvaje, libertad para moverse.
b. *Libertad interior* o capacidad de decidir, facultad propia del hombre por el hecho de ser hombre.
c. *Libertad moral* es la capacidad que tiene el hombre de optar por los valores morales, de elegir el bien apoyándose en el discernimiento de su razón o inteligencia.

Al tratar el tema de la libertad nos encontramos con el problema del mal moral: el hombre hace el mal porque es libre. Esto es cierto pero tampoco olvidemos que el hombre también hace el bien porque es libre y sólo porque es libre puede llegar a conocer a Dios y disfrutar eternamente junto a Él. Sólo por la libertad puede amar a Dios y amar a los hombres. Todo esto nos indica que la libertad es un gran valor, pero está supeditado a otros valores. La libertad no es autónoma, debe seguir unos valores y unas leyes que el hombre no ha creado y que descubre en su naturaleza racional: no matar, respetar al otro en su vida y en sus bienes, usar rectamente las capacidades que tiene, etcétera.

Mandamientos

> *No habrá para ti otros dioses delante de mí. No tomarás en falso el nombre de Yahveh tu Dios. Guardarás el día del sábado para santificarlo. Honra a tu padre y a tu madre. No matarás. No cometerás adulterio. No robarás. No darás testimonio falso contra tu prójimo. No desearás la mujer de tu prójimo, no codiciarás nada que sea de tu prójimo. (Cf. Deuteronomio 5,6-21).*

Los mandamientos son una perfecta concreción de los principales preceptos de la ley natural. En ellos se traza un camino de vida para el hombre de acuerdo a su naturaleza, a su dignidad de persona humana. Pertenecen a la revelación divina. Son como una gran revelación de Dios sobre cuál debe ser la verdadera humanidad del hombre. Reflejan graves deberes del hombre hacia Dios y hacia el prójimo. Todo hombre, independientemente de su creencia o religión, está sujeto a esta ley que obedece a su naturaleza, a su dignidad de persona.

Participación

> Es el compromiso voluntario y generoso de la persona humana en los intercambios sociales.

Es necesario que todos participen, cada uno según el lugar que ocupa y el papel que desempeña, en promover el bien común. Este deber es inherente a la dignidad de la persona humana. La participación se realiza ante todo con la dedicación a las tareas cuya responsabilidad personal se asume: por la atención prestada a la educación de su familia, por la responsabilidad en su trabajo, el hombre participa en el bien de los demás y de la sociedad.

La participación de todos en la promoción del bien común implica, como todo deber ético, una *conversión*, renovada sin cesar, de los miembros de la sociedad. El fraude y otros subterfugios mediante los cuales algunos escapan a la obligación de la ley y a las prescripciones del deber social deben ser firmemente condenados por incompatibles con las exigencias de la justicia. Es preciso ocuparse del desarrollo de instituciones que mejoren las condiciones de la vida humana.

Corresponde a los que ejercen la autoridad reafirmar los valores que engendran confianza en los miembros del grupo y los estimulan a ponerse al servicio de sus semejantes. La participación comienza por la educación y la cultura. Podemos pensar, con razón, que la suerte futura de la humanidad está en manos de aquellos que sean capaces de transmitir a las generaciones venideras razones para vivir y para esperar.

«¿Qué quiere decir exactamente 'participación'? Quiere decir estar juntos con los otros y, a la vez, ser nosotros mismos mediante ese 'estar juntos'. Lo que une a los hombres entre sí, lo que les hace participar a los unos en la vida de los otros es la coparticipación de los bienes, es la común aceptación de los valores». (Juan Pablo II, *Queridísimos jóvenes*).

Pasiones

> *Son emociones o impulsos de la sensibilidad que inclinan a obrar o a no obrar en razón de lo que es sentido o imaginado como bueno o como malo.*

Las pasiones son componentes naturales del psiquismo humano, constituyen el lugar de paso y aseguran el vínculo entre la vida sensible y la vida del espíritu.

En sí, estos elementos no son malos éticamente hablando y generalmente van dirigidos a un bien natural (reproducción, conservación, autodefensa, etcétera). Los sentimientos más profundos no deciden la moralidad de las personas; son el depósito inagotable de las imágenes y de las afecciones en que se expresa la vida moral. La moralidad aparece según la dirección que les demos con nuestras decisiones voluntarias (por ejemplo, el alimentar la pasión sexual con pensamientos, películas o lecturas morbosas, es en sí una conducta desviada, antinatural, pero la sexualidad vivida dentro del matrimonio lleva a afianzar el amor y transmitir la vida).

Las pasiones son moralmente buenas cuando contribuyen a una acción buena, y malas en el caso contrario. La voluntad recta ordena al bien los movimientos sensibles que asume; la voluntad éticamente mala sucumbe a las pasiones desordenadas y las exacerba. Las emociones y los sentimientos pueden ser asumidos en las *virtudes* o pervertidos en los *vicios*.

Estos factores, en casos extremos, aumentan la voluntariedad del acto y disminuyen la libertad para realizarlo. Es decir, hacen desear más el acto (la voluntad se siente más atraída a hacerlo) y provocan que sea más difícil optar por no hacerlo o por otro acto. Así, por ejemplo, el instinto de autodefensa alimentado o descontrolado puede producir un ansia de venganza irresistible que obceque la inteligencia y haga crecer fuertemente el deseo de hacer daño al prójimo hasta el punto de querer matarlo.

La perfección moral consiste en que el hombre sea movido al bien no sólo por su voluntad, sino también por el apoyo de sus pasiones bien encauzadas.

Pecado

> *Es una falta contra la razón, la verdad, la conciencia recta; es faltar al amor verdadero para con Dios y para con los demás a causa de un apego perverso a bienes caducos (honra, placeres, propiedades, etcétera).*

El pecado hiere profundamente al que lo comete y atenta contra la solidaridad humana.

Cada día, a nuestro alrededor o en los periódicos o incluso a veces en nosotros mismos, constatamos la existencia del mal; de palabras, de comportamientos o pensamientos que nos parecen destructivos, negativos e impropios de la dignidad de la persona. Estos fenómenos los encuadramos bajo el nombre de pecado. Así, el pecado en su hiriente realidad no es sólo una verdad de fe sino un hecho empíricamente constatable.

El pecado es una transgresión o desobediencia voluntaria de la ley divina. Es una alteración del orden creado por Dios. En todo pecado se da una rebeldía querida y libre del ser creado contra el creador, Dios.

En todo pecado hay, pues, un doble elemento:

1. *Alejamiento o aversión a Dios.*
No significa que el pecador tenga la intención directa de ofender a Dios, sino que se percibe una incompatibilidad entre la acción pecaminosa y la amistad divina. Cuando este elemento se percibe claramente antes de cometer un pecado y a pesar de ello se opta por el mal, estamos ante un grave acto de rebeldía.

Pero ¿por qué se dice que se ofende a Dios en el pecado? Fundamentalmente por cuatro razones:

a. Porque se desobedece a la conciencia, voz de Dios que resuena en nuestro interior, y porque las leyes que se transgreden son obra de Dios que nos brinda estos medios amorosamente para elevar nuestra naturaleza y llevarnos a gozar de Él. Dios nos marca unas leyes que nos indican el camino que debemos seguir para ser felices y llegar hasta Él. En estas leyes, Dios pone todo su amor, revela en ellas Su voluntad y promete la vida eterna a cambio de su cumplimiento. El hombre, al pecar, rompe el pacto, desprecia la ley de Dios y en ella desprecia los fines a los que conduce: desprecia la vida eterna y desprecia el amor que Dios ha puesto en ellas, desprecia, queriéndolo o no, al mismo Dios.

b. Porque Dios es el fin y la felicidad del hombre y el hombre al pecar toma como fin a las criaturas en lugar de Dios. En todo pecado hay una elección implícita pero consciente en favor de otros fines que no son Dios, de otros *fines* que Dios ha creado precisamente como *medios* para acercarnos a Él: la propia fama, el amor sexual, los bienes materiales, la capacidad de dar juicios, etcétera. Él pone a disposición del hombre unos medios para que sea feliz y vaya hasta Él y el hombre prefiere quedarse con los medios.

c. Porque Dios es el Bien Sumo e Infinito que se ve rechazado a cambio de un bien creado y perecedero. Deleitándose ilícitamente (contra el querer de Dios) en bienes que producen placeres efímeros y fugaces se desprecia al único Bien que puede saciar las ansias de felicidad.

d. Porque Dios es despreciado ya que el hombre al pecar se sustrae a su dominio. Dios se ve rechazado en sus dones y en sus leyes que buscan el bien del hombre. Actuamos ante Él como el niño que rechaza un regalo magnífico simplemente porque está distraído o enfadado por otra causa. No hay motivos para justificar este rechazo ante la grandeza de lo que se desprecia, simplemente no lo valora y esto duele al que lo regala porque se está rechazando algo que él ofreció desinteresadamente para bien del otro.

2. Hay una *conversión a las criaturas*.

Hay un goce ilícito de ellas. Los seres creados existen en función del hombre y aquí el hombre toma la decisión de someterse a ellos. Se contradice el principio: «Las criaturas para el hombre y no el hombre para las criaturas».

Se toma como fin del actuar lo que debería ser un medio, por ejemplo: se toma el sexo como fin en lugar de medio para crecer en el amor y engendrar nuevos hijos de Dios o se toma la inteligencia y capacidad de juzgar para hacer juicios temerarios sobre los demás y no para autoexaminarse.

Este aspecto del pecado trae consecuencias nefastas para el ser humano:

a. Le degrada pues, por buscar el gozo de bienes finitos, el alma se ofusca y puede perder el bien infinito. Se piensa sólo en lo terreno, en lo que produce placer inmediato y se abandona al único que puede saciar las ansias de felicidad del hombre: Dios. Esto deja sus huellas pues una vez asentada la voluntad en lo pasajero y caduco, es difícil hacerla volver al Bien Supremo; resulta más costoso aceptar de nuevo la vida según Dios; la sensibilidad, los sentimientos, las pasiones, la mente, la voluntad, se rebelan.

b. Tiene también una repercusión social. El pecado entraña desequilibrio, e injusticia en sí mismo ya que rompe el orden de la creación orientada a Dios. Por tanto, produce efectos negativos sobre el entorno de la persona.

El hombre es social por naturaleza. Desde la infancia vive necesitado de los demás, conectado con ellos, tiene necesidad de los que le rodean. Está influido por la sociedad en la que vive; de ella recibe la educación, el idioma, la cultura, las creencias y costumbres. Antes de que sea capaz de ejercer su libertad queda adherido a una sociedad de la que depende y, por otro lado, él influye a su vez en los demás. En el campo moral, donde se ejerce también esta influencia mutua, sus acciones buenas o malas tendrán repercusiones positivas o negativas en diversos campos: educación de los hijos, empresa, etcétera. Los efectos del pecado van dando lugar a una sociedad de egoísmo y antivalores. Además, se puede observar que el hombre dominado por el pecado crea estructuras injustas, leyes que van contra el bien del hombre, sistemas políticos, sociales o económicos que le degradan y destruyen.

c. Aunque el pecado sea secreto, el que peca, por ser miembro de la Iglesia, cuerpo místico de Cristo, está dañando a todo el cuerpo. Hace circular «sangre mala» en esa corriente de relaciones invisibles que formamos todos los bautizados.

d. El hombre que peca se cierra en su egoísmo, sobre todo cuando el pecado es repetitivo, y tiene mayores dificultades para darse y abrirse a los demás. Sólo busca el placer inmediato, sólo se piensa en la forma de satisfacer los deseos torcidos: vanidad, sensualidad, soberbia, avaricia, etcétera. Por eso se rechaza todo lo que se oponga a sus propios fines desviados. Lo que vaya fuera de ellos se ve como enemigo y así se dan comportamientos aberrantes como el que es capaz de matar para conseguir más dinero o más poder.

Hoy, por desgracia, se está perdiendo el sentido del pecado y el mal se comete sin remordimientos, abiertamente, aunque produzca unas dolorosísimas consecuencias en el corazón del hombre. Se está perdiendo el sentido del pecado porque se está perdiendo el sentido de la real presencia de Dios en nuestras vidas. Hoy más que nunca se está perdiendo el sentido del pecado porque los hombres y las sociedades buscan ser más felices así, sin eso que consideran «tabúes» medievales. La verdad es que el efecto es contrario y se percibe una sensación muy fuerte de infelicidad, de angustia y de desesperación en aquellas sociedades que presumen de «liberadas» donde se ha querido dejar fuera todo lo que pueda referirse remotamente a este tema. Una sociedad sin sentido del pecado es siempre una sociedad sin grandes valores.

Propiedad

> Propiedad: *es la facultad de dominio del hombre sobre los bienes materiales.*
> Propiedad común: *cuando lo poseído pertenece a todos los que componen la sociedad. Son propiedad común, por ejemplo, los ríos, los mares, las calles de una ciudad, etcétera.*
> Propiedad particular: *cuando el bien poseído pertenece a una o a algunas personas* (privada) *o a un ente público* (pública). *Un ejemplo de propiedad particular privada es la fábrica que pertenece a un señor concreto o a un grupo de accionistas y ejemplos de propiedades públicas son una empresa de transportes que pertenece al ayuntamiento y una escuela o un hospital propiedad del Estado.*

La propiedad privada es un *derecho fundamental* del ser humano, de la persona.

Por ser el hombre el único animal dotado de razón, es de necesidad concederle no sólo el uso de los bienes, cosa común a todos los animales, sino también el poseerlos con derecho estable y permanente, y tanto los bienes que se consumen con el uso cuanto los que, pese al uso que se hace de ellos, perduran. Así el hombre puede ejercer su libertad y su inteligencia también en este ámbito de su vida. La propiedad privada es el modo común que tiene el hombre para satisfacer sus necesidades de acuerdo a su naturaleza, a su forma de ser (animal racional).

Por otro lado, todos los hombres tienen derecho a disfrutar de los bienes para satisfacer sus necesidades. Todo lo que hay sobre la Tierra es para cubrir las necesidades de todos. Esto se llama técnicamente: *destino universal de los bienes*. Por eso, el derecho a la propiedad privada se entiende también como un medio para hacer eficaz o llevar a cabo de forma ordenada este destino universal de los bienes.

El derecho a la propiedad privada está por encima de los poderes del Estado. La propiedad privada es un derecho natural que refleja dos cosas: la primacía del hombre sobre las cosas y la capacidad del hombre, gracias a su inteligencia y libertad, para administrarlas rectamente. Por ser un derecho natural, no se puede considerar como una concesión del Estado ni como un medio para alcanzar mayor eficacia económica. Es un derecho del hombre por el solo hecho de ser hombre. Este derecho debe ser respetado por todos igual que se respeta la libertad ajena.

La propiedad privada, de todos modos, no es un derecho absoluto; está al servicio de la libertad y de la seguridad personal, pero también debe estar ordenada al bien de la comunidad y, por eso, la autoridad política tiene el derecho de regular el ejercicio legítimo del derecho de propiedad en función del bien común.

De los principios anteriores se deduce que no se puede quitar al otro lo que es suyo, pero tampoco se puede anteponer el deseo de bienes materiales al respeto a las personas, a su libertad o a su seguridad, ni acumular fortuna perjudicando a otros.

Sociedad

> *Es un conjunto de personas ligadas de manera orgánica (como formando un organismo entre ellas) por un principio de unidad que supera a cada una de ellas.*

El hombre necesita de la sociedad para desarrollarse de acuerdo a su propia naturaleza de persona humana. Ciertas sociedades como la familia y la comunidad civil corresponden inmediatamente a la naturaleza del hombre.

La persona humana es y debe ser principio, sujeto y fin de todas las instituciones sociales.

La persona humana necesita la vida social. Ésta no constituye para ella algo sobreañadido sino una exigencia de su naturaleza. Por el intercambio con otros, la reciprocidad de servicios y el diálogo, el hombre desarrolla sus capacidades; se realiza como hombre.

Cada uno tiene deberes para con las comunidades de que forma parte y está obligado a respetar a las autoridades encargadas del bien común de las mismas.

Cada comunidad se define por su fin y obedece en consecuencia a reglas específicas, pero el principio, el sujeto y el fin último de todas las instituciones sociales es y debe ser la persona humana.

La sociedad es indispensable para la realización humana. Para alcanzar este objetivo es preciso que sea respetada la justa jerarquía de los valores que subordina las dimensiones «materiales e instintivas» del ser del hombre «a las interiores y espirituales».

La inversión de los medios y de los fines, que lleva a dar valor de fin último a lo que sólo es medio para alcanzarlo, o a considerar las personas como puros medios para un fin, engendra estructuras injustas que hacen ardua y prácticamente imposible una conducta humana. Es preciso entonces apelar a las capacidades espirituales y morales de la persona y a la exigencia permanente de su conversión interior para obtener cambios sociales que estén realmente a su servicio. La prioridad reconocida a la conversión del corazón no elimina en modo alguno, sino, al contrario, impone la obligación de introducir en las instituciones y condiciones de vida, cuando inducen al mal, las mejoras convenientes para que aquéllas se conformen a las normas de la justicia y favorezcan el bien en lugar de oponerse a él.

Solidaridad

Principio social que rige las relaciones humanas buscando la mutua compenetración entre los hombres y entre las sociedades.

El principio de solidaridad, expresado también con el nombre de «amistad social», es una exigencia directa de la fraternidad humana. La solidaridad se manifiesta en primer lugar en la distribución de bienes y en la remuneración del trabajo. Supone también el esfuerzo en favor de un orden social más justo en el que las tensiones puedan ser mejor resueltas, y donde los conflictos encuentren más fácilmente su salida negociada.

Los problemas socioeconómicos sólo pueden resolverse con la participación de todas las formas de solidaridad: solidaridad de los pobres entre sí, de los ricos y los pobres, de los trabajadores entre sí, de los empresarios y los empleados, solidaridad entre las naciones y entre los pueblos. La solidaridad internacional es una exigencia del orden moral. En buena medida, la paz del mundo depende de ella.

No obstante, la virtud de la solidaridad va más allá de los bienes materiales y alienta la intercomunicación, la solución de conflictos, el acercamiento entre los pueblos, el intercambio cultural, etcétera.

Subsidiariedad

Principio social que se refiere a la colaboración y el apoyo que las entidades sociales superiores deben prestar a las inferiores para que éstas puedan alcanzar sus propios fines.

Según este principio, una estructura social de orden superior (por ejemplo, el Estado es superior respecto a la familia y la ONU es superior respecto a un Estado) no debe interferir en la vida interna de un grupo social de orden inferior, privándole de sus competencias, sino que más bien debe sostenerle en caso de necesidad y ayudarle a coordinar su acción con la de los demás componentes sociales, con miras al bien común.

El principio de subsidiariedad se opone a toda forma de colectivismo. Traza los límites de la intervención del Estado. Intenta armonizar las relaciones entre individuos y sociedad. Tiende a instaurar un verdadero orden internacional.

Valor moral

> *Todo aquello que lleva al hombre a defender y crecer en su dignidad de persona y es apreciado como tal.*

Todo valor se refiere a un bien. El valor moral conduce al bien moral (ver *bien moral*). Un bien es algo que mejora, perfecciona, completa. Se puede aplicar a toda la vida del hombre. Hay un bien físico (comida, descanso...), un bien cultural (música, arte, estudio, prosperidad...), un bien moral (el recto uso de la libertad, el amor, la donación a los demás), un bien religioso (el amor a Dios, la amistad con Él). Unidos a estos niveles de bienes hay otros tantos niveles de valores: biológicos (salud, forma física), humanos (cultura, bienestar, etcétera), morales (veracidad, fidelidad, respeto al otro, amor). Dentro de éstos, el valor moral es el valor más humano, pues perfecciona al hombre en cuanto hombre, en aquello que le es propio: su voluntad, su libertad, su razón... Se puede tener mejor o peor salud, más o menos cultura, pero esto no afecta estrictamente al *ser hombre*, al construirse como hombre. Sin embargo, el vivir en la mentira, el no respetar a los demás, el hacer uso de la violencia, etcétera, degradan, empeoran al ser humano, lo deshumanizan, destruyen lo humano que hay en él. Por el contrario, las acciones buenas, el vivir en la verdad, el respeto mutuo, el buscar siempre la justicia, le construyen y le ayudan a edificar una sociedad más humana.

Sin el bien moral objetivo no puede haber valor moral. Por eso, no puede tener valor moral aquello que lleve a destruir bienes morales. Por ejemplo, matar no puede ser un valor moral pues lleva a destruir la vida.

El verdadero valor moral lleva a construirte como hombre, a hacerte más humano, más lo que debes ser.

Además de ser un bien en sí, el valor debe aparecer como un bien reconocido y apreciado como tal. Aquí hay que tener en cuenta una cosa muy importante y es la necesidad de educar la conciencia para apreciar el verdadero bien. Las urracas buscan todo cuanto brilla para almacenarlo en sus nidos, pero no distinguen entre una cadena de oro puro y la envoltura de un pedazo de chicle... Tenemos que educarnos a reconocer el verdadero bien. ¿Cómo hacerlo? Primero tenemos que saber qué somos, de dónde venimos, a dónde vamos. El bien es lo que nos ayuda a ser nosotros mismos, por eso tenemos que conocernos bien. Después hay que conocer lo que nos construye como seres humanos. A veces no es fácil apreciar los verdaderos valores y nos atrae más lo llamativo y novedoso. Lo mismo pasa cuando uno ve una ópera, un ballet o un partido de béisbol por primera vez. Es difícil apreciarlo debidamente si no se conoce. Tenemos que hacer el esfuerzo por conocer, y así podremos apreciar y valorar.

Virtud

Es una disposición habitual y firme para hacer el bien.

La virtud permite no sólo realizar actos buenos, sino dar lo mejor de ti mismo. Con todas sus fuerzas sensibles y espirituales, la persona virtuosa tiende hacia el bien, lo busca y lo elige a través de acciones concretas.

Las virtudes son actitudes interiores y hábitos de comportamiento que orientan la personalidad hacia la búsqueda del bien. El recto modo de plantear la vida moral debe ser más el de lograr virtudes que el de evitar males o defectos.

La virtud es un hábito, una actitud del alma que consiste en una capacidad y disposición, natural o adquirida, para querer y hacer el bien.

Hay muchos hábitos o disposiciones que van perfeccionando al hombre en distintos campos: la capacidad para manejar coches, para operar con computadoras, la capacidad matemática, física, química, etcétera, para actuar en los campos de las ciencias, el uso de un idioma, el talento artístico, para bailar, pintar, dirigir una orquesta, etcétera. Todos estos hábitos mejoran al hombre, le dan calidad humana, pero no decimos que alguien por el solo hecho de interpretar a la perfección cualquier pieza de piano de Mozart sea mejor como persona que otro que no es capaz de tocar tres notas seguidas. Las habilidades o artes no hacen al hombre éticamente perfecto, es más, estos «hábitos» pueden ser empleados para el mal. Esto es precisamente lo que distingue a la virtud por encima de todos los demás hábitos. La virtud perfecciona al hombre en cuanto tal, lo hace más «bueno» como se dice normalmente, mientras que las habilidades lo perfeccionan sólo en algún aspecto limitado.

Por eso, cuando decimos que la virtud es un hábito, tenemos que precisar. No es una habilidad ni un acto mecánico. No es, por ejemplo, una especie de «tic» en el que estaría ausente la libre voluntad. En la acción virtuosa se encuentran dos elementos: el acto externo como puede ser cuidar a un enfermo, dar una suma de dinero a un necesitado, etcétera, y la orientación interna de la voluntad que, siguiendo los ejemplos anteriores, puede ser amor al prójimo, compasión, etcétera. El acto externo no es la virtud, pues pueden hacerse incluso actos buenos con fines perversos como por ejemplo: cuidar a un enfermo para inducirle a que me deje su herencia, ayudar a una persona para seducirla, etcétera. La virtud se encuentra en la opción personal por un valor moral y en la libre y estable adhesión a él que se muestra en hechos concretos. Por tanto, el actuar virtuosamente brota del centro más íntimo del hombre y nunca es un automatismo nuestro aunque, eso sí, facilite el ejercicio de los actos buenos creando predisposiciones para realizarlos.

Hay unas directrices muy importantes a la hora de trabajar en la adquisición de las virtudes:

a. En nuestro trabajo de formación de las virtudes no podemos decir jamás: «ya puedo dejar de trabajar en la formación de esta virtud porque ya la tengo, ya la he adquirido». Esta actitud produce un efecto nefasto pues si abandonamos el ejercicio de los actos de una virtud comenzamos a perder imperceptiblemente la predisposición positiva que habíamos conseguido. Es como si un gran nadador dejase de practicar durante un año completo; al volver de nuevo a la competición después de este periodo notará que sus marcas o récords han bajado y le costará mucho alcanzar lo que perdió.

b. Al crecer una virtud, crecen también las demás, especialmente las más cercanas a ella. Muchas veces se pone el ejemplo de las cerezas en que al tomar una se saca un racimo pues se arrastra con ella a las más cercanas. La imagen es válida pues si, por ejemplo, te esfuerzas por vivir el amor a los demás, tendrás que realizar actos que te supondrán un ejercicio de la *voluntad*: servir al que lo necesita, ir a ayudar en las tareas de la casa a una amiga, acompañar a alguien que tiene necesidad, sustituir a un compañero de trabajo en un día que es importante para él, etcétera. Otros actos de amor te ayudarán a formar también la *humildad*: guardarte tu opinión para no discutir, aceptar con bondad a quien sabes que habló mal de ti, escuchar a quien lo necesita aunque te canse su forma de hablar, etcétera, o la *fortaleza*: guardarte un disgusto fuerte que te han dado en el trabajo o en la escuela para que tu familia no sufra, seguir cumpliendo tus deberes de madre aunque hayas sufrido una falta de respeto de tu hijo, buscar dialogar en lugar de dejarte llevar por la pasión ante una situación difícil, etcétera. Los ejemplos y las virtudes entrelazadas se podrían multiplicar.

c. Las virtudes se consiguen prácticamente por la unión de dos elementos: el deseo real de adquirirlas, que incide sobre las actitudes internas, y la repetición de pequeños actos que conducen a ellas. La virtud nace del deseo interior de conseguirla pues nadie puede alcanzar libremente algo si no quiere tenerlo, si no lo ve como un bien para él. Con esto no basta porque una vez que se desea algo, si no se ponen los medios para adquirirlo, jamás se conseguirá. Esto vale especialmente cuando se habla de fines a los que sólo se puede llegar libremente pues, si alguien desea conseguir una fuerte cantidad de dinero, por ejemplo, no le bastará con anhelarlo y soñar en ello, tendrá que comprar lotería o arriesgar en algún negocio. Igual pasa en el campo de las virtudes: se puede desear construir toda la vida sobre el amor o la humildad o la sencillez y apertura a los demás, pero si te limitases sólo a defenderte para no caer en los vicios contrarios o, lo que es peor, si ni siquiera hicieras eso y te contentaras con pasar la vida superficialmente, no podrías esperar que tus deseos se hicieran realidad. Es como el que quiere que le toque la lotería pero jamás compra un boleto.

Virtudes humanas o morales

Son actitudes firmes, disposiciones estables, perfecciones habituales del entendimiento (inteligencia) y de la voluntad que regulan nuestros actos, ordenan nuestras pasiones y guían nuestra conducta según la razón, hacia el bien moral.

Entre las virtudes que pueden ayudarte a ser mejor como hombre, destacan las llamadas humanas o morales que son importantes porque constituyen la base que habilita al hombre para actuar rectamente. Alrededor de ellas gira toda la vida moral. Constituyen, en cierta forma, el cimiento de todas las demás pues sin ellas sería muy difícil construir cualquier virtud.

Las virtudes morales proporcionan facilidad, dominio y gozo para llevar una vida éticamente buena. El hombre virtuoso es el que practica libremente el bien.

Las virtudes morales son al mismo tiempo frutos y semillas o gérmenes de los actos éticamente buenos. Disponen todas las potencias del ser humano para armonizarse en la búsqueda del bien.

Dentro de estas virtudes morales humanas, hay cuatro que desempeñan un papel fundamental. Por eso se las llama «cardinales»; todas las demás se agrupan en torno a ellas. Éstas son: la prudencia, la justicia, la fortaleza y la templanza.

1. La prudencia. Es la virtud que dispone a la razón práctica (la inteligencia que juzga sobre una decisión antes de convertirla en un acto concreto) para discernir en toda circunstancia nuestro verdadero bien y a elegir los medios rectos para realizarlo. No se confunde ni con la timidez o el temor, ni con la doblez o la disimulación. Dirige a las otras virtudes indicándoles regla y medida. Es la prudencia quien guía directamente el juicio de conciencia. El hombre prudente decide y ordena su conducta según este juicio. Gracias a esta virtud aplicamos sin error los principios éticos a los casos particulares y superamos las dudas sobre el bien que debemos hacer y el mal que debemos evitar.

2. La justicia. Es la virtud moral que consiste en la constante y firme voluntad de dar a cada uno lo que le es debido. La justicia dispone a respetar los derechos de cada uno y a establecer en las relaciones humanas la armonía que promueve la equidad respecto a las personas y al bien común.

3. La fortaleza. Es la virtud moral que asegura en las dificultades la firmeza y la constancia en la búsqueda del bien. Reafirma la resolución de superar los obstáculos en la vida ética. La virtud de la fortaleza hace capaz de vencer el temor, incluso a la muerte, y de hacer frente a las pruebas y a las persecuciones. Capacita para ir hasta la renuncia y el sacrificio de la propia vida por defender una causa justa.

4. La templanza. Es la virtud moral que modera la atracción de los placeres y procura el equilibrio en el uso de todos los bienes. Asegura el dominio de la voluntad sobre los instintos y la honestidad de los deseos. La persona moderada orienta hacia el bien sus apetitos sensibles, guarda una sana discreción y no se deja arrastrar para seguir la pasión de su corazón.

Virtudes teologales

Son virtudes que tienen a Dios como origen, motivo y objeto y adaptan las facultades del hombre para la participación de la naturaleza divina. Son tres: la fe, la esperanza y la caridad.

Las virtudes teologales fundan, animan y caracterizan el obrar moral del cristiano. Informan y vivifican todas las virtudes morales. Son infundidas por Dios en el alma de los fieles para hacerlos capaces de obrar como hijos suyos y merecer la vida eterna. Son la garantía de la presencia y la acción del Espíritu Santo en las facultades del ser humano.

TAMBIÉN PUEDES LEER...

- Rafael Gómez Pérez, *Ética, problemas morales de la existencia humana*, Magisterio Casals, Madrid, 1993. Un libro muy claro sobre los problemas éticos de hoy.

- Viktor E. Frankl, *El hombre en busca de sentido,* Herder, Barcelona, 1989. Un libro muy atractivo que te ayudará a reflexionar sobre las realidades más importantes de la vida partiendo de las experiencias vividas por un prisionero en un campo de concentración de la segunda guerra mundial.

- Alfonso López Quintás, *El amor humano*, Edibesa, Madrid, 1991. Muy bueno. De este libro he sacado muchas de las citas que aparecen aquí.

- William Kilpatrick, *Why Johnny Can't Tell Right from wrong*, Simon & Schuster, Nueva York, 1992. Es un estudio sobre la formación ética de la juventud en Estados Unidos. Te puede orientar.

- Enrique Rojas, *El hombre light,* Ediciones Temas de Hoy, 4a. edic., Madrid, 1993. Te va a ayudar a conocer más en profundidad la sociedad de hoy y a formarte un juicio completo sobre ella.

- Family of the Americas - Sincro Communications, *If you Love Me, Show Me* (video, versiones en inglés y en español), 1-800-935-2222, EUA. No dejes de ver este video, te va a gustar. Trata muy bien el tema de la sexualidad. Está destinado a los jóvenes.

- L. González Carvajal, *Ideas y creencias del hombre actual,* 3a. edic., Sal Terrae, Santander, 1993. Un magnífico libro que te ayudará a conocer la cultura y la mentalidad de los hombres de hoy.

- Karol Wojtyla, *Amor y responsabilidad*, Razón y fe, Madrid, 1978. Es una fundamentación y reflexión filosófica profunda sobre la realidad del amor humano.

- _____, *Educación en el amor,* Diana, México (en prensa). En esta obra el Papa expone los principios elementales de la ética y de la moral.

- Juan Pablo II, *Veritatis splendor.* Una encíclica del Papa dedicada exclusivamente a reflexionar sobre la moral.

- _____, *Queridísimos jóvenes,* Plaza y Janés, México, 1995. El último libro del Santo Padre, en el que se recogen sus escritos y discursos a los jóvenes desde su primera homilía, cuando dijo: «Ustedes son la esperanza de la Iglesia y del mundo. Ustedes son mi esperanza».

- Alasdair MacIntyre, *Tres versiones rivales de la ética*, Ediciones Rialp, Madrid, 1992. Te recomiendo este libro porque me parece que el comparar tres versiones opuestas de la ética, te puede ayudar a profundizar, a captar los errores de cada concepción, etcétera.

- A. RODRÍGUEZ LUÑO, *Ética*, EUNSA, Pamplona 1982. Este libro te puede servir para adentrarte con solidez y sistema en los fundamentos de la ética.

- R. SPIAZZI, *Código de Doctrina Social,* Diana, México, 1992. Escrito por uno de los mejores especialistas en la materia, este libro es un elenco de 198 proposiciones que, a manera de tesis, ofrecen una síntesis de la Doctrina Social de la Iglesia.

- MIGUEL CARMENA, *El amor es más fuerte*, Diana, México, 1995. Otro libro mío, más serio; a ver si te gusta.

ESTA EDICIÓN SE TERMINÓ DE IMPRIMIR
EL 15 DE NOVIEMBRE DE 2005 EN
ACABADOS EDITORIALES
INCORPORADOS, S.A DE C.V.
ARROZ 226 COL. STA. ISABEL INDUSTRIAL
C.P. 09820, MÉXICO, D.F.